Bridget Plass

Lieber Paulus, ich hab da mal ’ne Frage …

Bridget Plass

Lieber Paulus, ich hab da mal 'ne Frage ...

Korrespondenzen mit einem Apostel

Aus dem Englischen
von Christian Rendel

Brendow
VERLAG + MEDIEN

Die Deutsche Bibliothek – CIP-Einheitsaufnahme
Ein Titeldatensatz für diese Publikation ist bei
Der Deutschen Bibliothek erhältlich

Edition C, C 572
ISBN 3-87067-854-2

Einbandgestaltung: Kortüm + Georg, Agentur für Kommunikation, Münster
Titelgrafik: Thomas Georg
Satz: Convertex, Aachen
Druck und Bindung: Clausen & Bosse, Leck
Printed in Germany

Ein Wort zuvor

Bevor Sie dieses Buch lesen, möchte ich diejenigen unter Ihnen, die mit dem Gedanken einer Korrespondenz zwischen Paulus und Männern und Frauen des 21. Jahrhunderts ihre Schwierigkeiten haben, auf ein paar Dinge hinweisen. Zunächst einmal ist dieses Buch fiktiv. Zugegeben, alle „Antworten" des Paulus orientieren sich so nah wie möglich an Fakten, die ich aus der Apostelgeschichte und seinen Briefen entnommen habe, aber es ist dennoch unbestreitbar ein fiktives Werk. Natürlich kann eine solche Korrespondenz nicht in Wirklichkeit stattfinden. Man darf daraus auch nicht ableiten, dass ich an die Möglichkeit eines Kontakts zu den Heiligen glaube. Es geht lediglich um ein „*Was wäre, wenn ...?*".

Was wäre, wenn es möglich wäre, Paulus all die Fragen zu stellen, die uns auf den Nägeln brennen, und ihn für seine zum Teil recht umstrittenen Aussagen zur Rechenschaft zu ziehen? Was hätte er uns wohl zu sagen? Ich weiß natürlich nicht, wie er tatsächlich antworten würde, wenn wir ihm schrieben, aber es hat mir großen Spaß gemacht, einmal zu versuchen, es zu erraten. Ich hoffe, dass meine Versuche für diejenigen eine Hilfe sind, die ihre Mühe haben, manche der berühmtesten Aussagen des Paulus mit manchen seiner dogmatischsten in Einklang zu bringen. Natürlich kann es sein, dass Sie mit den Antworten, die ich Paulus zuschreibe, überhaupt nicht einverstanden sind: „So etwas hätte er nie gesagt!" Wenn es so ist, dann versuchen Sie doch, Ihre eigenen Antworten zu schreiben. Oder benutzen Sie die Briefe von Madge und den anderen als Aufhänger für Diskussionen darüber, wie Paulus wohl Ihrer Meinung nach geantwortet hätte.

Lassen Sie mich Ihnen von ein paar typischen Reaktionen berichten, die mir begegnet sind, wenn ich Freunden davon erzählt habe, was ich hier zu tun versuche. Die erste kam von meinen männlichen Freunden. Wissen Sie, mir war gar nicht klar, dass das Verstehen des paulinischen Denkens so sehr als männliches Vorrecht gilt, bis ich die Überraschung und – offen gesagt – den freundlichen Zweifel in ihren Blicken sah! Die zweite stammt von meinen Freundinnen, die mit Abscheu darauf reagierten, dass Paulus, den sie für einen besserwisserischen, engstirnigen kleinen Frauenhasser halten, so viel Aufmerksamkeit von einer Frau bekommen sollte!

Warum also wollte ich herausfinden, was Paulus den Leuten zu sagen haben könnte, die mit den Belastungen unserer postmodernen Welt kämpfen? Erstens, weil es keine zweite Gestalt in der Bibel gibt, die in mir eine so leidenschaftliche Reaktion hervorgerufen hat. Ich liebe, hasse, respektiere und verabscheue mit Leidenschaft die Dinge, die er geschrieben hat.

Zweitens muss ich bekennen, dass es mich beschämt, wie viele Frauen von heute einfach ablehnen, was Paulus über die Rolle der Frauen in Ehe und Gemeinde zu sagen hat, ohne sich auch nur richtig damit auseinander zu setzen. Ich finde, dazu sollten wir uns zu schade sein. Ob wir es zugeben wollen oder nicht, wir stehen ziemlich in seiner Schuld. Gott selbst wählte Paulus aus, um uns, den Heiden, die gute Nachricht zu bringen. Das Wort, das Ananias gebraucht, als er Paulus mitteilt, dass er für diese enorme Aufgabe auserwählt wurde, ist dasselbe Verb *eklego*, das auch im Lukas-Evangelium verwendet wird, als Jesus seine zwölf Jünger auswählt. Nicht nur das, sondern Jesus selbst erschien dem Paulus und unterstrich so noch mehr, dass Paulus einzigartig qualifiziert war, von ihm Zeugnis abzulegen. Nach seiner Auferstehung erschien Jesus all seinen Aposteln, womit er über jeden Schatten eines Zweifels hinaus klar machte, dass er lebendig war. Auf der Straße nach Damaskus fügte er Paulus den Zwölfen hinzu.

Und schließlich erfüllte Gott den Paulus mit der Kraft des Heiligen Geistes, wodurch er ihn für seinen Dienst salbte und ihm die Vollmacht gab, Buße und Vergebung zu verkündigen. Paulus ist der gesegnetste Evangelist aller Zeiten. Die Gemeinden, die er gründete, gründeten unsere Gemeinden. Die Worte, die er schrieb und sprach, legten die Grundlage des Lebens und der Lehre der Gemeinde Jesu von damals bis heute (abgesehen davon, dass sie bei jeder Hochzeit und jeder Beerdigung auftauchten, die ich je besucht habe!). Er lebte seine Berufung durch jede erdenkliche Härte hindurch aus, sei es Schiffbruch, Schläge, Krankheit, Einsamkeit und Gefangenschaft. Seien wir ehrlich: Er ist kein Leichtgewicht, das wir so einfach aus unserem geistlichen Ring hinausschleudern können, wie wir auch immer über manche Äußerungen denken mögen!

Erlauben Sie mir darum, Sie zu einer Begegnung mit diesem umstrittenen Mann Gottes einzuladen. Wie gut kennen wir eigentlich alles, was Paulus schrieb? Wie viel wissen wir über das kulturelle Umfeld, in dem er sich bewegte? Ziel dieses Buches ist es, einen Blick nicht nur auf die Leidenschaft zu erhaschen, die ihn vorwärts trieb, sondern auch auf die Barmherzigkeit, die er für jene kleinen Gemeinden, die er gründete, und für die Menschen darin empfand. Vielleicht verstehen wir dann ein wenig besser, warum sein „lieber Freund, der Arzt" Lukas ihn so sehr mochte und schätzte und warum Timotheus ihm durch seinen ganzen Dienst hindurch nahe stand und ihn offenbar sehr liebte. Vielleicht hören wir sogar auf, ihn als einen engstirnigen Fanatiker zu sehen, und fangen womöglich gar an, uns zu fragen, ob unsere Fixierung auf die relativ wenigen Bemerkungen, die er über Frauen machte, uns nicht als ebenso intolerant brandmarkt, wie er manchmal erscheint.

Bridget Plass

Der erste Kontakt

Komm schon, reiß dich zusammen, du kriegst das hin. Du hast gesagt, du rufst ihn an, und das tust du auch. Ach du meine Güte – jetzt klingelt es. Worauf habe ich mich da eingelassen?

Guten Tag. Hier ist die Empfangshalle des Himmels. Leider kann im Moment niemand Ihren Anruf entgegennehmen. Wenn Sie nach dem langen Harfenton eine Nachricht hinterlassen möchten, werden wir Ihre Anfrage gern bearbeiten und Sie so schnell wie möglich zurückrufen.

Äh, ja, hallo. Also, ich weiß nicht so recht, mit wem ich da rede – wer immer gerade Dienst hat, schätze ich. Es ist mir ein bisschen peinlich, aber meine Nachricht ist eigentlich für Paulus bestimmt. Paulus, der Apostel? Der die Briefe geschrieben hat? Sie wissen schon – der Paulus, der niedergestreckt wurde, als er auf dem Weg nach … ach was, Sie wissen natürlich, welchen ich meine. Wenn Sie der sind, der ich vermute, dass Sie sind, dann sind Sie ihm ja dort erschienen! Es tut mir Leid, wissen Sie, ich vergesse dauernd, dass dies ja der Himmel ist, und … oh, meine Güte, meine Zeit ist bestimmt gleich vorbei. Die Sache ist die, dass ich ihn etwas fragen möchte. Wissen Sie, was ich fragen wollte, ist vielleicht ein bisschen unverschämt, aber ich treffe mich hier mit so einer Gruppe von Frauen und die sind alle ziemlich aufgeregt und verwirrt über ihn – na ja, eigentlich nicht über ihn, sondern darüber, was er über … so ziemlich alles gesagt hat. Und da habe ich mich gefragt, ob es nicht möglich wäre, dass sie an ihn schreiben, und ob Sie Paulus nicht vielleicht erlauben könnten zu antworten. Wissen Sie, ich bin hier bei uns in der Stadt die Schriftführerin einer Gruppe namens

GGC (Gemeinden gemeinsam für Christus). Wir treffen uns regelmäßig und die meisten unserer Mitglieder sind Frauen. Es macht mich ziemlich traurig, dass offenbar viele von ihnen nicht den Eindruck haben, dass er willens oder in der Lage wäre, ihnen zu helfen. Sie meinen, er habe Frauen verachtet, als er lebte, und deshalb würde er sie auch jetzt verachten. Aber ich kann mir nicht vorstellen, wie das damals so hätte sein können, und ich hoffe sehr, dass es heute nicht so ist. Schließlich haben Sie ihn ja auf ziemlich dramatische Weise dazu auserwählt, die damals bekannte Welt zu retten, nicht wahr? Und – nun ja, wenn er nicht gewesen wäre, dann würde ich jetzt vermutlich gar nicht mit Ihnen reden.

Könnten Sie ihm bitte ausrichten, dass es nicht bloß ein wütender Mob ist, der ihm schreiben möchte. Es sind auch ein paar Männer dabei und ein paar wirklich verzweifelte Freunde, von denen einige gar nicht zu einer Gemeinde gehören und die dringend Rat brauchen. Ach ja, und Mrs. Flowers auch!

Tja, das war's eigentlich, also …

Oh! Hallo! Ich hatte gar nicht erwartet … aber ja! Ja, natürlich. Gut, ich werde es ausrichten. Ja, ich werde klarstellen, dass das Angebot nur für begrenzte Zeit gilt. Natürlich, das werde ich. Also, ganz herzlichen Dank. Ich werde ihnen sagen, dass sie gleich anfangen sollen zu schreiben. Danke. Danke sehr …

Ach du meine Güte – was habe ich da bloß angefangen?

Die Briefschreiberinnen und Briefschreiber

Madge:	Geschieden, Schulrektorin im Ruhestand
Beverley:	Nichtchristliche Karrierefrau
Pauline:	Siebzehnjährige Schülerin
Mrs. R. Flowers:	Säule der Gemeinde
Jill:	Gescheiterte Hausfrau und Mutter
Jerry:	Karrierefrau in der evangelikalen Gemeinde
Ruth:	Verheiratet mit einem Nichtchristen, Kinder im Teenageralter
Thea:	„Eine Angewiderte" aus Brixham
Alison:	Liebhaberin der schönen Dinge
Andy:	Sechzehnjähriger Schüler mit reichlich Hausaufgaben
Sheila:	In Sorge um ihren Ehemann Nick
Tricia:	Deren Tochter gestorben ist
Steve:	Verkäufer, verheiratet mit Philippa
Deborah:	Sozialarbeiterin und
Sandy:	Klientin

• Madge •

Lieber Paulus,

herzlichen Dank, dass du bereit bist, zu lesen, was ich zu sagen habe, und gegebenenfalls auch zu antworten. Ich bin dir sehr dankbar für deine Bereitschaft, mir deine wertvolle Zeit zu widmen.

Ich weiß nicht recht, wie ich anfangen soll. Ich muss sogar sagen, dass ich in meinen ganzen fünfundzwanzig Jahren als Schulleiterin nie so nervös war, wenn ich etwas schreiben sollte. Zum ersten Mal ist mir schmerzlich bewusst, wie sich die Eltern mancher Kinder gefühlt haben müssen, wenn sie vor meinem Büro warteten, um sich über das Benehmen eines anderen Kindes zu beschweren, oder sich überlegten, wie sie ihre Unzufriedenheit über die Behandlung ihres kleinen Lieblings durch einen meiner Mitarbeiter zum Ausdruck bringen sollten. Es ist so eine Mischung aus Angst, Zorn und Verletzung, die im Magen rumoren, und dem Bewusstsein, dass sie nur die eine Chance haben, um auszudrücken, was sie so dringend sagen wollen. Ich hoffe, du hast nicht vor, es so zu machen, wie ich es oft gemacht habe. Ich habe nämlich versucht, die ganze Sache so schnell wie möglich und mit möglichst wenig emotionalen Ergüssen hinter mich zu bringen, einfach weil ich so unglaublich beschäftigt war.

Die Wahrheit ist, dass ich das, was ich jetzt sagen möchte, eigentlich noch nie jemandem gesagt habe, und ganz bestimmt hätte ich nie erwartet, es dir ins Gesicht zu sagen – oder zumindest zu schreiben. Ich bin so wütend, weißt du. So wütend, dass du die Frechheit hast, mit umwälzenden Äußerungen um dich zu werfen, ohne zu begreifen, wie schwer es für andere ist, so zu sein wie du. Wie kannst du es wagen, zu sagen – Moment mal, ich fange das völlig falsch an. Lass mich dir erst einmal ein bisschen über mich erzählen.

Mein Name ist Madge Grey. Bis vor acht Jahren hieß ich noch Madge Potter, aber Potter hat seine Sachen gepackt und ist verschwunden, sodass ich jetzt wieder Grey heiße. Dafür heißt jetzt eine andere Potter. Eine, die offenbar nicht so beschäftigt und weniger herrisch ist. Die Mutter eines kleinen Jungen, den ich unterrichtet habe – ich war sogar seine Lieblingslehrerin! Nun ja, ich war sehr gut in meinem Beruf. So ungefähr das Einzige, worin ich gut war, sagt jedenfalls Steven, mein Mann. Er meinte immer, ich hätte mehr Zeit für ihn gehabt, wenn er ein bisschen schmutzig und zappelig und frech gewesen wäre. Vielleicht hatte er Recht. Wenn ich daran zurückdenke, was die immer zu mir gesagt haben – die Eltern, meine ich.

„Ich könnte nie das tun, was Sie tun. Wie machen Sie das bloß?"

„Immer so verständnisvoll …"

„Sie waren genau die Richtige für Karen … für David … für unsere Julie …"

Nur leider nicht für Steven, und vielleicht auch nicht „immer so verständnisvoll" gegenüber Jeremy. Ach, Entschuldigung, das weißt du ja noch gar nicht. Jeremy ist mein Sohn. Er ist jetzt vierunddreißig. Natürlich wohnt er nicht mehr zu Hause. Das ist eine andere Geschichte. Was die Frage angeht, „wie ich das geschafft habe", nun, das Einzige, das mir seit meiner Pensionierung vor drei Jahren das Gefühl gab, etwas geleistet zu haben, war die Tatsache, dass ich jeden Morgen aufstehe.

Oh, zuerst war es eine unglaubliche Erleichterung. Jeden Morgen genoss ich es, meine alten Begleiter Grauen und Furcht mit einem befehlenden „Ihr könnt jetzt gehen" wegzuschicken, und genehmigte mir erst einmal zwei Tassen Tee aus dem Nachttisch-Wasserkocher, den ich mir zur Pensionierung geschenkt hatte. Ich kam sogar zu dem Schluss, dass es mir gefiel, meinen Freiraum zu haben – dass die Zukunft gelebt werden wollte und dass ich dieses Jahr meinen Balkon schön bepflanzen und das Stickkissen fertig stellen würde, das Jeremy mir vor vier Jahren zu Weihnachten geschenkt hatte. Man weiß nie, sagte ich mir, vielleicht hat ja Jeremy sogar Lust, für eine Weile herzukommen. Dann würde ich all die Dinge mit ihm unternehmen können, wozu nie Zeit war, als ich noch arbeitete. Na ja, all die Dinge – ich schätze, auf halbstündige Badeorgien mit jeder Menge Plastikenten und Herumgespritze steht er heute nicht mehr so! Aber du weißt schon, was ich meine. Für kurze Zeit sah ich dem Rest meines Lebens etwa so entgegen, wie ein Kind dem morgigen Heiligabend entgegensieht.

Es war erst *danach* – nach den ersten paar Monaten Erleichterung und Erschöpfung. Da merkte ich, dass ich ein paar neue Schützlinge hatte, die an meinem Rocksaum zerrten und Aufmerksamkeit forderten. Einsamkeit und Verzweiflung waren die beiden Hartnäckigsten.

„Was machen wir heute, Miss?"

„Wie werden wir jede Minute jeder Stunde dieses schier endlosen Tages ausfüllen, Miss?"

„Ich habe eine Idee, Miss. Wir könnten doch heute Vormittag Schuld und Angst und Hoffnungslosigkeit machen und nach der Mittagspause schauen wir bei der alten Mrs. James vorbei, weil wir uns gar nicht vorstellen können, wie wir auf ihr Haus zugehen und an ihre Tür klopfen. Dann sehen wir fern und gehen zum Laden an der Ecke, um zwei Würstchen und eine Kartoffel zu kaufen, und keiner wird zu uns ‚Ich weiß nicht, wie Sie das schaffen' sagen und uns voll Liebe und Bewunderung anlächeln. Und keiner wird uns brauchen, damit wir ihm die Schuhe zubinden oder die Nase putzen oder fest oder streng oder überhaupt irgendetwas sind. Und wenn wir um halb drei an diesem ewigwährenden Nachmittag zu deinem Therapeuten gehen und er uns bittet, die guten Dinge an uns aufzuschreiben, dann können wir ‚Unterrichten' und ‚Heulen' hinschreiben."

Tut mir Leid, Paulus. Ich weiß, das ist alles nicht deine Schuld. Aber wenn du solche Sachen sagst wie: „Gegenüber dem unvergleichlichen Gewinn, dass Jesus Christus mein Herr ist, hat alles andere seinen Wert verloren. Ja, alles andere ist für mich nur noch

Dreck, wenn ich bloß Christus habe", dann bringt das mein Blut zum Kochen.

Du hast deinen Weg gewählt. Ich weiß, es muss furchtbar schwer gewesen sein, ihm treu zu bleiben, aber wenigstens hattest du ihn dir selbst gewählt. Ich wollte nie allein sein. Ich habe das nicht hingegeben, es ist mir entrissen worden. Es war nicht so, dass ich Steven nicht mehr gebraucht hätte. Er brauchte mich nicht mehr. Ich war der Dreck, der weggeworfen wurde. Du hörst dich so rechthaberisch an, so sicher, so regelrecht selbstgefällig. Was verstehst du schon?

Und noch etwas. Du sprichst davon, dass bei Gott „alle Dinge zum Besten wirken"! Zu wessen Bestem? Was soll gut daran sein, wenn man sich nutzlos und abgelehnt und schuldig und allein fühlt? Sag mir das, Paulus. Ich möchte es wirklich wissen. Los! Stell dich gerade hin. Scharre nicht auf dem Teppich herum. Schau mir ins Gesicht.

Ach du meine Güte! Oh, es tut mir so Leid. Wie konnte ich nur so unhöflich sein. Ich fürchte, ich habe mich völlig vergessen. Wie peinlich. Einmal Lehrerin, immer Lehrerin. So sagt man doch, oder? Aber das ist ja das Problem.

Wer bin ich?

Ich bin nicht Stevens Frau. Ich bin nicht Jeremys Mutter. Ich bin nicht Daniels oder Karens oder Julies Lehrerin. Ich halte keine Elternabende oder Lehrerkonferenzen ab, stelle keine Dienstpläne für die Mahlzeiten auf und verhandle nicht mit Schulräten. Ich habe kein Büro mit einer Tür, vor der Eltern sitzen und warten, bis ich Zeit für sie habe. Ich habe keine Gelegenheit, freundlich, aber gerecht, oder streng, aber liebevoll zu sein. Ich bin nichts. Bloß eine furchtbar alberne Frau, die alles verloren hat und alles für Verlust erachtet. Ich brauche Hilfe und ich kann darauf verzichten, deine Plattitüden aufgehalst zu bekommen.

Mit verwirrten und zornigen Grüßen
Madge Grey

Liebe Madge,

Gnade, Barmherzigkeit und Friede von Gott, dem Vater, und von Jesus Christus, unserem Herrn.

Es ist wunderbar, diese Worte in der vollen Gewissheit schreiben zu können, dass sie dich lieben und möchten, dass du das weißt!

Kannst du dir vorstellen, wie merkwürdig es ist, wenn man feststellt, dass etwas, das man vor fast 2000 Jahren geschrieben hat, um die Christen in einer Gemeinde in Philippi zu ermutigen, heute einer intelligenten Frau des 21. Jahrhunderts so sehr zu schaffen macht, dass sie sich gedrängt fühlt, mir daraufhin zu schreiben?

Nun, vielleicht kannst du es dir vorstellen. Du begegnest bestimmt dauernd Menschen, die sich immer noch an etwas erinnern, das du zu ihnen gesagt hast, als sie noch ganz klein waren. Kürzlich hatte ich sogar das Vergnügen, einen deiner ehemaligen Schüler kennen zu lernen. Sehr zum Kummer seiner Familie musste er deine Welt verlassen, als er erst 23 war. Meningitis heißt es in seiner Akte, glaube ich. Jetzt ist er natürlich vollkommen gesund. Offenbar wurde seine erste Anzahlung für eine hübsche Bleibe hier nach einem gewissen kleinen Vorfall an deiner Schule geleistet.

Erinnerst du dich an einen dünnen kleinen Burschen mit büscheligen blonden Haaren namens Barry? Er meint, als du ihn kanntest, sei er ein zorniges, unglückliches Kind gewesen. Offenbar hatte sein Vater eine Affäre und Barry hatte es herausgefunden. Da er mit niemandem darüber sprechen konnte, konnte er sich nicht mehr richtig konzentrieren und geriet dauernd in Streit. Du warst es, der er in einer verregneten Pause, nachdem er einen Klassenkameraden in der Leseecke vertrimmt hatte, sein Herz ausschüttete. Wie Barry mir erzählt, hattest du eine große Schachtel rosa Papiertücher – die als Taschentücher dienen – und eine Dose Schokoladenkekse. Einen ganzen Tag lang, so schien es ihm, hörtest du ihm zu, während der Regen gegen das Fenster deines Arbeitszimmers trommelte. Du halfst ihm zu verstehen, dass es nicht seine Schuld war. Du halfst ihm sogar, seinem Vater zu sagen, was er mit angehört hatte. Und du schlugst ihm vor, wenn ihm wieder danach wäre, jemanden zu schlagen, solle er mit seinem Vater im Himmel sprechen, mit Gott, seinem Papa. Oh ja, Madge, du warst diejenige welche für Barry. Du *warst* eine gute Lehrerin.

Nun, es gibt ein, zwei Dinge, die ich dir gerne sagen möchte. Das Erste ist, dass wir alle scheitern. Wir versuchen, vollkommen zu sein, aber wir scheitern. Wir scheitern in unseren Beziehungen, wir scheitern im Umgang mit denen, für die wir verantwortlich sind, wir scheitern im Umgang mit uns selbst und wir scheitern im Umgang mit Gott. Das ist der Grund, warum Jesus kommen musste. Darum musste er sterben.

Madge, ich kann mich nur zu gut mit dir identifizieren, was die Umstände deines persönlichen Scheiterns angeht. Auch ich ging ganz in einem Job auf, der mir als das Wichtigste auf der Welt erschien. Auch ich ließ mich von der Intensität meines Engagements aufzehren, was dazu führte, dass ich diejenigen vernichtete, die mir nahe waren. In meinem Fall war die Folge nicht, dass jemand mich verließ, sondern Mord. Kannst du dir vorstellen, wie ich mit meinen Erinnerungen an die Steinigungen und die Schreie der Kinder leben konnte, deren Eltern ich aus ihren Häusern gezerrt hatte, um sie öffentlich und ohne Gnade hinzurichten?

Ja, du hast Jeremy ein bisschen vernachlässigt. Ja, es stimmt, er ist wütend auf dich. Er gibt dir die Schuld daran, dass sein Vater nicht mehr bei dir ist. Es gibt Dinge, die du in Ordnung bringen solltest, wenn du kannst. Du hast tatsächlich deinen Mann mit den Überresten deiner berühmten Geduld und Warmherzigkeit abgespeist. Ja, er hatte die Nase voll von deiner Reizbarkeit und deinem beißenden Sarkasmus. Er hätte auch manchmal ein paar von den rosa Taschentüchern und ein paar Streicheleinheiten vertragen können.

Natürlich hatte ich inzwischen die Möglichkeit, meinen Opfern zu sagen, dass es mir Leid tut. Besonders Stephanus war, wie du dir vorstellen kannst, absolut entwaffnend, was die ganze Sache betraf. Behauptet, er hätte überhaupt nicht bemerkt, wie ich die Kleider der Männer hielt, die ihn zu Tode steinigten.

Ich weiß, dass dein Steven nicht den Vorteil hatte, den Herrn auf diese Weise zu kennen, aber du könntest ihm ja schreiben. Die Möglichkeit der Versöhnung steht dir nicht mehr offen, da er wieder verheiratet ist, aber Heilung ist sehr wohl möglich. Weißt du noch, was Johannes in seinem Brief schrieb: „Die vollkommene Liebe treibt die Furcht aus“? Nun, dann sag Steven die Wahrheit über deine Verantwortung für das Scheitern eurer Ehe; dann könnte eine deiner grauenhaften Lektionen zu einer großen Pause werden. Dann kommst du vielleicht sogar zu deiner Stickerei!

Aber im Ernst. Als ich Onesimus zurück zu Philemon schickte, hatte ich keine Ahnung, wie mein alter Freund darauf reagieren würde. Es war durchaus nicht unüblich, dass ein geflohener Sklave bei seiner Rückkehr als „lieber Bruder“ willkommen geheißen wurde – und so habe ich ja auch Philemon zu reagieren gedrängt. Ich wusste einfach, dass es richtig war. Es war richtig für Onesimus, dass er eine Chance bekam, um Vergebung zu bitten und heil zu werden und seine Angst abzulegen. Es war richtig für Philemon, eine Gelegenheit zu haben, um zu vergeben und über die Gründe nachzudenken, warum sein Sklave weggelaufen war. Es war richtig für alle beide, sich ihren gleichwertigen Stand vor Gott als Brüder in Christus und Sünder, denen vergeben wurde, bewusst zu machen.

Im Moment hast du all die Macht, die du als Schulleiterin hattest, verloren und wegen deiner Schuldgefühle, deines Stolzes und deiner Furcht bist du in Gefahr, auch noch alle Macht über dich selbst zu verlieren. Durch deine Anstrengungen, deine Probleme selbst in den Griff zu bekommen, hast du dich unter das Gesetz gestellt. Du bist von Armut geschlagen, weil du deine Fehler nicht als deinen Besitz ansiehst, einen Besitz, den du nach freier Entscheidung abgeben kannst. Mit anderen Worten: Indem du dich weigerst, die Gnade der Vergebung anzunehmen, die dir von deinem Herrn und Erlöser angeboten wird, hast du dich zu einer Sklavin des Bösen gemacht. Onesimus mag nach dem Gesetz jener Zeit ein Sklave gewesen sein, doch dadurch, dass er die Gnade annahm, war er im wirklichen Sinne frei, ob sein irdischer Herr ihn nun als Bruder oder als Sklave wieder aufnahm.

Madge, es tut mit Leid, dass dir die Dinge, die ich geschrieben habe, kalt oder fordernd oder zu einfach vorkommen. Meist wird mir vorgeworfen, ich sei zu kompliziert! Aber mir ist klar, was du meinst.

Manchmal können Worte ein Erleben so sehr in eine Ordnung pressen, dass die chaotische Wirklichkeit des Lebens außen vor bleibt. Als ich Damaskus verließ, war ich fest entschlossen, den Rest meines Lebens als ein Jünger desselben Messias zu verbringen, den ich zuvor verdammt hatte. Da sind mit mir ein paar wichtige Dinge geschehen. Die Macht über das Geschick anderer mochte ich verloren haben, aber ich erkannte auch, dass ich die Fesseln jener verloren hatte, die mich bis dahin besessen hatten.

Es ist nicht leicht, auszudrücken, was ich damals empfand. Bei meiner Rückkehr nach Jerusalem war ich ein Ausgestoßener zwischen allen Lagern. Im Bericht des Lukas hört sich das vielleicht alles ganz problemlos an, aber glaub mir, das war eine von diesen chaotischen Zeiten. Ich hatte den Sanhedrin und alles verraten, was meine jüdische Tradition mich bis zu diesem Punkt gelehrt hatte: Den Messias würden wir daran erkennen, dass er Israel vom Joch der römischen Kolonisation befreite. Gleichzeitig musste ich die Aussöhnung mit denen suchen, die ich bis dahin in Scharen der Todesstrafe zugeführt hatte. Nicht gerade einfacher, als bis zu Mrs. James' Haustür zu gelangen, findest du nicht?

Oder vielleicht auch nicht! Jedenfalls wäre es mir wohl kaum gelungen, meine Gefühle der Schuld und Furcht in dieser Zeit zu überwinden, wären da nicht zwei Dinge gewesen. Das eine war meine Gewissheit, dass ich einen neuen Vater gewonnen hatte, der mich bedingungslos liebte, was immer ich tat, getan hatte oder in Zukunft tun würde – den Papa Gott, mit dem du unseren Freund Barry bekannt gemacht hast. Das gab mir das Zutrauen, das, was ich bisher getan hatte, wahrhaft mein eigen zu nennen, sodass ich es freimütig an meinen neu entdeckten Vater abgeben konnte.

Das Zweite war, dass ich gerade einen neuen Freund gewonnen hatte, der entschlossen war, mir bei dem zu helfen, wovon ich jetzt wusste, dass ich es tun musste – Barnabas. Ich hatte keine große Übung in der Freundschaft, aber er schon. Er war es, der Petrus und den anderen berichtete, was auf der Straße nach Damaskus geschehen war. Es war seine Überzeugung, dass ich einen Beitrag leisten konnte, die mich durch ihre Türen brachte.

Madge, hör mir gut zu. Die Dinge, die du verloren hast, sind genau die Dinge, die als Werkzeuge für deine zukünftige Laufbahn als vollzeitliche Mitarbeiterin Gottes dienen könnten. Sie wurden dir weggenommen, ohne dass du sie abgegeben hättest. Das ist wahr, aber jetzt kannst du sie in einem anderen Sinn wegwerfen. Du kannst die Macht über deine Schuldgefühle und deine Furcht in die Hand nehmen, dir bewusst machen, welche Rolle sie in deinem Innern spielen, sie als Abfall erkennen, der nur zum Wegwerfen geeignet ist, und sie an Gott abgeben. Liebe Madge, gerade das Scheitern, das dich zum Verzweifeln bringt und dazu führt, dass du auf mich einschlägst, gerade so wie der kleine Barry auf seinen Freund in der Leseecke einschlug, gerade dieses Scheitern kann zu den Broten und Fischen werden, die, wenn die Hände Jesu sie brechen, Tausende satt machen.

Damit komme ich zu dem, was ich an die christliche Gemeinde in Rom schrieb: „Bei Gott dienen alle Dinge zum Besten."

Damit meinte ich nicht, dass alles gut im Sinne von *angenehm* wird, wenn wir Jesus annehmen. Wie hätte ich das der Gemeinde in Rom schreiben können, wo für jeden Christen, der sich zu seinem Glauben bekannte, die Aussicht bestand, den Löwen Neros vorgeworfen zu werden?

Nein, ich meinte, dass alles, was wir erleben, von Gott gebraucht werden kann, um uns zu helfen, Christus ähnlicher zu werden, sodass wir schließlich in der Lage sind, im Frieden mit uns selbst zu leben.

Noch eine letzte Sache, Madge. Ich weiß, du hast keinen Ehemann mehr, aber hast du vielleicht eine enge Freundin, die dir helfen kann, Frieden mit deiner Familie zu schließen und einen neuen Anfang im Leben zu machen – jemanden, zu dem du vollkommen ehrlich sein kannst? Der Heilige Geist ist sehr gut darin, durch unsere Freunde an uns zu arbeiten, wenn sie uns und ihn lieben. Wenn du keine solche Freundin hast, könntest du Gott darum bitten. Schließlich stellte er auch mir Ananias und Barnabas zur Seite, als ich sie am meisten brauchte, aber am wenigsten verdient hätte, und er stellte dich dem kleinen Barry zur Seite. Es wäre also nicht das erste Mal.

Möge die Gnade des Herrn Jesus Christus mit deinem Geist sein, Madge, und mögest du erkennen, wie tief und weit die Liebe des Vaters zu dir ist. Ach, da fällt mir ein, über eine Sache könntest du noch nachdenken. Wusstest du, dass Onesimus überhaupt nicht den Status hatte, einen Namen zu besitzen, bis ich ihm einen gab? Und wusstest du, dass Onesimus „der Gewinnbringende" oder „der Nützliche" bedeutet? Ich gab ihm diesen Namen, bevor er zurückkehrte, um sich seinem früheren Herrn zu stellen, als Zeichen für alles, was er mir bedeutet hatte, während ich im Gefängnis war. Du sagst, du weißt nicht, wer du bist, und ich weiß, dass die Art und Weise, wie du gezwungen warst, deinen Namen zu ändern, dir großes Leid und einen echten Identitätsverlust bereitet hat. Ich sage dir, im Grunde spielt es gar keine Rolle, ob du Potter oder Grey bist, denn dein Name steht im Buch des Lebens. Du bist Gottes Kind. Welchen Namen möchtest du, den unser Vater im Himmel dir gibt?

Dein Bruder in Christus
Paulus (früher bekannt als Saulus!)

• Beverley •

Sehr geehrter Herr Paulus,

ich kapiere wirklich nicht, was das ganze Tamtam darüber soll, dass wir an Sie schreiben können, und ich habe das Bedürfnis, Sie für Ihre Vermessenheit zur Rede zu stellen, mit der Sie sich einbilden, Sie hätten der Welt, in der ich lebe, noch etwas zu sagen.

Mein Vater besuchte regelmäßig unsere anglikanische Kirche hier am Ort und behauptete, sein Glaube gäbe seinem Leben einen Sinn. Dagegen habe ich nichts, wenn es ihn glücklich machte. Ich habe ihn sehr geliebt und bin auch gerne mit ihm an hohen Feiertagen in seine Kirche gegangen. Er und ich hatten sogar nicht sehr häufige, aber äußerst lebhafte und ziemlich interessante Diskussionen über das Thema Christentum, bevor er starb. Ich rechne es mir als großes Glück an, dass ich einen Vater hatte, der meine Unabhängigkeit und meine gedankliche Freiheit schätzte. Er setzte mich nie mit dem Glauben unter Druck oder versuchte, irgendwelche Schuldgefühle in mir zu wecken. Noch heute sehe ich ihn vor mir, wie er sich mit einem sanften Lächeln und erhobenen Armen geschlagen gab, wenn ich ihn in einer Debatte schlug. Seine Rache nahm er stets bei dem Damespiel, mit dem wir oft unsere gemeinsamen Abende beendeten. Das alles vermisse ich sehr, aber ich muss sagen, dass ich von ihm nie etwas gehört habe, das mir einsichtig gemacht hätte, wozu ich Jesus Christus oder auch Ihre Wenigkeit in meinem Leben nötig haben sollte.

Betrachten Sie es einmal von meiner Warte aus. Ich bin dreiundzwanzig, weiblich und unverheiratet. Ich habe einen Universitätsabschluss in Kommunikationswissenschaft, kümmere mich um die Öffentlichkeitsarbeit einer kleinen, aber erfolgreichen Modellagentur, verdiene jetzt schon viel mehr, als mein Vater es je tat, habe mein eigenes Auto, meine eigene Wohnung und vor allem meine Unabhängigkeit. Wenn ich morgens von meinem Radio geweckt werde, schalte ich mit der Fernbedienung meinen Fernseher ein und höre mir einen aktuellen Bericht darüber an, was genau in der Welt gerade los ist. Dann hole ich mit dem Computer meine E-Mails ab und schaue am Fax nach, ob Nachrichten eingegangen sind. Aufgrund dieser eingehenden Informationen tätige ich ein paar Anrufe mit meinem Handy, organisiere den Tagesablauf meiner Chefin (die übrigens eine Frau von dreißig Jahren ist), halte vielleicht eine Telefonkonferenz ab und bezahle außerdem dringende Rechnungen mit meiner Kreditkarte. Und das alles spielt sich nur in der ersten halben Stunde meines Tages ab!

Seien Sie ehrlich, Herr Paulus, was sehen Sie, wenn Sie unsere Welt betrachten? Staunen Sie nicht über unsere Fortschritte, unsere wissenschaftlichen Errungenschaften, unseren hohen Entwicklungsstand? Sind Sie nicht überwältigt davon, was Männer und Frauen in den letzten hundert Jahren erreicht haben, seit so viele von uns nicht mehr die Religion als Krücke und leichte Antwort auf alle Rätsel benutzen? All das ist möglich geworden, weil wir beschlossen haben, die Kontrolle über unsere Umwelt in die Hand zu nehmen. Fragen Sie sich jemals, was Sie wohl getan oder gesagt hätten, wenn Sie zweitausend Jahre später geboren wären? Hätten Sie uns dann immer noch dieselben Ratschläge erteilt? Dieselben Sprüche verkauft? Mein Vater hat Ihnen vertraut, Sir, also lassen Sie ihn bitte nicht im Stich, indem Sie anders als wahrheitsgemäß antworten.

Ich sehe Ihrer Antwort mit beträchtlichem Interesse entgegen.

Mit freundlichen Grüßen
B. R. Palmer

Liebe B. R. Palmer,

Ihren Brief finde ich sehr interessant. Wenn ich zwischen den Zeilen lese, vermute ich, dass Ihr liebenswerter Vater einen gewissen Mangel an Ehrgeiz hatte, im Gegensatz zu Ihnen selbst. Offensichtlich haben Sie ihn sehr geliebt und vermissen seine Gesellschaft. Ebenso vermissen Sie seine Bewunderung und Fürsorge und, wenn ich das andeuten darf, die „lebhaften Diskussionen", die Sie mit ihm über seine Religion geführt haben. Ich glaube, man hat mich den Vater des modernen Christentums genannt, und ich war sicher eine Vaterfigur für den einen oder anderen meiner jungen Evangelisten, aber die Rolle des Ersatzvaters, die Sie mir unbewusst anbieten, ist für mich neu.

Punkt eins: Mir hat es an Ehrgeiz nicht gemangelt. Als junger Student bei einem der führenden rabbinischen Lehrer der damals bekannten Welt war ich auf dem Weg an die oberste Spitze und wurde auf einen Platz im Regierungsgremium des Sanhedrin vorbereitet. Wissen Sie irgendetwas über Tarsus, die Stadt, in der ich aufgewachsen bin? Wir haben damals zwar nicht den Mikrochip erfunden, aber wir waren ein ziemlich hoch entwickelter Haufen. Abgesehen davon, dass wir eine Universität für stoische Studien hatten, galt Tarsus als das Zentrum der griechischen Kultur, mit einem blühenden Theater und einem großen Sportstadion.

Freilich fällt es mir nicht ein, Ihre Bildung in Frage zu stellen, indem ich Sie an den außerordentlich hoch entwickelten Lebensstil sowohl der Griechen als auch der Römer erinnere. Ich nehme an, Ihnen ist schön warm am Morgen, während Sie all Ihre wichtigen Telefonate führen. Haben Sie nach all den anstrengenden Gesprächen eine heiße Dusche genossen? Zentralheizung? Wissen Sie, wer das alles erfunden hat? Aber ja, natürlich …

Nachdem wir nun ein paar dieser etwas fadenscheinigen Beleidigungen aus dem Weg geräumt haben, wollen wir uns den Rest Ihres Briefes genauer ansehen. Was haben unsere Welt und die Ihre sonst noch gemeinsam? Sie erwähnen die Tatsache, dass Sie

Nachrichten aus aller Welt hören können, kaum dass die Ereignisse geschehen sind. Aber geschieht das alles wirklich genau so, wie Sie es hören? Ich glaube, bei Ihnen gibt es eine etwas zweifelhafte Zeitung namens *The News of the World*. Verrät die Ihnen alles? Ist es nicht immer noch so, dass politischer Vorteil, wirtschaftliche Interessen und individuelle Voreingenommenheiten eine beträchtliche Rolle dabei spielen, wie viel Wahrheit tatsächlich zu Ihnen gelangt? Ist es nicht so, dass verdeckte Korruption in Ihrer Welt ebenso vorherrschend ist, wie sie es in unserer war, als Kaiphas und der Sanhedrin aus purem Eigeninteresse den Plan fassten, Jesus Christus zu ermorden?

Sie sagen, dass Sie einen Abschluss in Kommunikationswissenschaften haben. Demnach haben Sie vermutlich die Auswirkungen der subtilen Propagandamaschinerie studiert, die so ziemlich von jeder Regierung seit Anbeginn der Zivilisation in größerem oder kleinerem Maßstab eingesetzt worden ist, bisweilen mit wahrhaft teuflischen Zielen.

Und es gibt wirklich keinen Herodes im 21. Jahrhundert? Keine Herrscher, die bereit sind, das Leben Unschuldiger zu opfern, um die Sicherheit, den Reichtum und den Status ihrer persönlichen Dynastie zu befestigen? Miss Palmer, Sie sind doch sicherlich nicht so naiv und ahnungslos zu glauben, die menschliche Natur habe sich fortentwickelt? Ist denn die Krankheit ausgemerzt, die Armut abgeschafft, sind die Vorurteile ausgeräumt? Hat die Bildung für alle Gleichheit gebracht? Hat die Liberalisierung Frieden gebracht? Gibt es keine Einsamkeit oder Angst mehr? Nichts Böses? Keine Heuchelei? Keine Brutalität?

Ich kann über Ihre Welt nichts sagen. Ich kann nur Einsichten aus meiner weitergeben, aber ich bin gewiss, das menschliche Herz mit seiner Fähigkeit zu täuschen und getäuscht zu werden, zu verderben und verdorben zu werden, hat sich nicht verändert. Genauso wenig, da bin ich sicher, die ewigen Hoffnungen und Sehnsüchte nach persönlichem Frieden. In A.D. 57, ungefähr 1978 Jahre vor Ihrer Geburt, hatte ich sehr eng mit der neu gegründeten Gemeinde in Rom zu tun. Sogar Sie werden Schwierigkeiten haben, Ihr Bild von Tattergreisen in Morgenmänteln mit dem in Einklang zu bringen, was Sie über das Leben in Rom je gehört haben! Als Gesellschaft wusste man damals alles, was es über feine Lebensart und Dekadenz zu wissen gab, aber auch über herausragende Leistungen. Die verstanden etwas von Ehrgeiz! Wussten Sie übrigens, dass es auch für einen Sklaven möglich war, eine einflussreiche Position in der Stadt zu erringen?

Was tat ich damals also? Was bot ich den Menschen an? Sie haben von der Krücke der Religion gesprochen. Sie sagen, sie habe als vereinfachte Lösung für die Rätsel des Universums gedient, und da ist natürlich etwas Wahres dran. Es hat schon immer das Verlangen gegeben, die Welt zu verstehen. Die Römer, an die ich schrieb, hatten, wie Sie wissen, viele Götter, zu denen sie beteten.

Vermutlich denken Sie, ich sei so eine Art Klinkenputzer gewesen, der ein seiner Überzeugung nach moderneres Produkt feilbot. Ein Glaubenssystem, das vielleicht damals radikal wirkte und gründlichere Antworten auf die Fragen lieferte, das aber im 21. Jahrhundert eindeutig überflüssig und liebenswert altmodisch geworden ist. Sicherlich werden Sie von mir erwarten, dass ich verteidige, was ich getan habe, besonders, da meine Lebensweise mit so großen persönlichen Risiken verbunden war.

Gewiss möchte ich zum Ausdruck bringen, dass die Aufgabe, die mir aufgetragen wurde, äußerst schwierig und keineswegs so behaglich war, wie Sie sie ausgemalt haben. Es erforderte allen Einfallsreichtum, den ich aufbieten konnte, und dazu noch ein paar unverhohlene Wunder, mich sicher in so viele einflussreiche Situationen wie möglich zu bringen, doch wenn ich dort ankam, war meine Botschaft immer dieselbe.

Immer wieder versuchte ich deutlich zu machen, dass gerade in dem herrlichen Mysterium der geschaffenen Welt Gottes Herrlichkeit, seine ewige Macht und sein göttliches Wesen zu erkennen sind. Aber wenn die Menschen aufhörten, Gott, den Schöpfer, zu verherrlichen und in ihrer Torheit stattdessen anfingen, geschaffene Dinge zu verehren, würde die Gesellschaft so dekadent werden, dass selbst Kinder nicht mehr sicher sind.

Bei Ihnen ist es vielleicht nicht so, dass Sie die Herrlichkeit eines unsterblichen Gottes gegen Bilder ausgetauscht haben, die wie Menschen und Reptilien und Tiere und Vögel aussehen. Doch mir scheint, Sie haben Ihre eigenen Götter geschaffen, deren Namen Computer, Auto und lächerlicherweise sogar Haushaltsgerät lauten. Für mich war Jesus keine bedenkenswerte Alternative zu Apollo oder Zeus. Ebenso wenig ist er heute eine Alternative zum beutellosen Staubsauger! Ich habe nicht zu jedem unterschriebenen Auftrag eine kostenlose Probe des Heiligen Geistes spendiert. Für mich war es eine Frage von Leben oder Tod, ob diejenigen, die meine Geschichte hörten, sie glaubten oder nicht. Jesus war und ist der Sohn des lebendigen Gottes. Nur indem ein Mensch das durch einen Akt des Glaubens und des Gehorsams akzeptiert, kann er ganz und heil und wahrhaft lebendig werden.

So sehr ich Ihren liebenswerten Vater auch bewundere, kann ich seine *Laissez-faire*-Haltung gegenüber Ihrem wild entschlossenen Unglauben nicht gutheißen. Ebenso wenig sehe ich Ihre vergnüglichen Debatten über die Religion als eine Alternative zu einer Partie Dame. Es stimmt, dass ich der Meinung war, dass die Welt, wie wir sie kennen, noch während meiner Lebenszeit zu Ende gehen würde. Und das stärkte meine Entschlossenheit zu betonen, wie dringend notwendig es war, Jesus als die einzig mögliche Rettung anzunehmen. Ein solches Maß an Leidenschaft ließ nicht viel Raum für Leichtherzigkeit. Ich kann auch verstehen, warum Sie die Dinge, für die ich stehe, so anachronistisch finden. Schließlich ist Ihre Gesellschaft immer noch dabei, sich von einer ziemlich widerwärtigen Überbetonung der Hölle zu erholen, die Ihnen das vorausgegangene Jahrhundert vererbt hat. Wenn ich die letzten zweitausend Jahre überblicke, muss ich Ihnen sagen, dass ich mit einem massiven Ausschlag des Pendels in die Gegenrichtung rechne. Das heißt, falls Ihre Gesellschaft einen wirkungsvolleren Weg gefunden hat, mit der Abwärtsspirale der Dekadenz fertig zu werden, als es

Griechenland oder Rom gelungen ist! Und falls Gott nicht beschließt, dass genug genug ist!

Miss Palmer, ich weigere mich, Sie anzulächeln, mich mit erhobenen Händen geschlagen zu geben oder Dame mit Ihnen zu spielen. Die Fortsetzung unserer Diskussion hat für mich und, wie ich hinzufügen möchte, für Ihren Vater eine zu hohe Dringlichkeit. Wollen Sie den Handschuh aufheben, den ich Ihnen hingeworfen habe? Ich habe alle Zeit der Ewigkeit, um mit Ihnen um Ihr Leben zu kämpfen. Es liegt bei Ihnen.

Mit freundlichen Grüßen
Paulus

Sehr geehrter Herr Paulus,

wie meinen Sie das, „wie ich hinzufügen möchte, für Ihren Vater"? Ist er denn bei Ihnen? Kann ich mit ihm sprechen? Können Sie ihm sagen, wie sehr ich ihn liebe und vermisse und wie sehr ich mir wünsche, ich hätte das, wofür er stand, mehr zu schätzen gewusst? Können Sie ihm sagen, wie einsam ich bin und dass ich keinen Sinn in meinem Leben finde? Bitte? Ich werde alles glauben, wenn Sie mir beweisen können, dass er bei Ihnen ist, und ich werde alles tun, um ihn wiederzusehen. Alles.

Herzliche Grüße,
Beverley

Liebe Beverley,

mein liebes Kind, wie kann es sein, dass eine Frau, die von ihrem irdischen Vater offensichtlich so sehr geliebt wurde, so wenig Wert darauf legt, ihren himmlischen Vater kennen zu lernen?

Ich kann Ihnen versichern, dass ich Ihren Wunsch, mehr über Ihren Vater zu erfahren oder Nachricht von ihm zu bekommen, nicht gering schätze, aber das ist nicht meine Aufgabe und war es nie. Nur indem Sie Ihre Hände tief in die wunderbare, üppige Erde graben, die die Liebe Ihres himmlischen Vaters ist, werden Sie durch den Glauben die Gewissheit finden können, die Sie brauchen. Er allein kann Ihnen helfen.

Er will Sie. Können Sie glauben, dass er Sie noch mehr liebt, als Ihr eigener Vater es tat? Den Zugang zu seiner Liebe finden Sie nicht, indem Sie sich im Computer-Supermarkt ein Online-Paket holen oder durch eine Gratis-CD, die in Ihrer Lieblingszeitschrift klebt. Ohne dass Sie es verdient hätten, hat Christus den Zugang zum Herzen seines Vaters für Sie erkauft. Hier kommt der unangenehme Teil für eine selbstständige, unabhängige junge Frau wie Sie. Er hat einen unermesslichen Preis dafür bezahlt – sein Leben.

Ich hoffe, wieder von Ihnen zu hören.

Herzlichst,
Paulus

Lieber Paulus,

da ich selbst immer viel zu tun habe, liegt mir daran, nicht zu viel von Ihrer Zeit in Anspruch zu nehmen. Vielen Dank für Ihre interessante Antwort.

Herzliche Grüße
Beverley

Liebe Beverley,

sagten Sie nicht, Sie wären gut in Dame? Das war ein erbärmlicher Zug, um mich zu blockieren. Ich gebe gerne nach, aber sind Sie sicher, dass Sie bei diesem Spiel wirklich gewinnen wollen?

Sie sind dran.
Paulus

Lieber Paulus,

die Wahrheit ist, dass ich es eigentlich leid bin, dieses Spiel zu spielen. Es macht nicht mehr so viel Spaß wie damals, als Vater noch hier war. Außerdem fühle ich mich ziemlich verwirrt und habe genug davon und es ist mir peinlich, so viel Zeit mit schlauen Spitzfindigkeiten zu verbringen. Sie müssen inzwischen ziemlich gelangweilt sein.

Herzliche Grüße
Beverley

Liebe Beverley,

da seien Sie mal ganz beruhigt. Ich habe alle Zeit der Ewigkeit, um für Gottes Sache zu argumentieren! Selbst wenn ich die nicht hätte, würde ich mir dafür mit Freuden jede Menge Zeit nehmen.

Beverley, wussten Sie, dass ich bei meinem ersten Aufenthalt in Ephesus drei Jahre nur darauf verwendete, mir die Ansichten der Leute anzuhören? Und ich musste mein Bestes tun, um aus meiner Erfahrung heraus und aus der Bibel überzeugend darauf zu antworten. Das wäre auch gar nicht anders gegangen, denn die Leute dort liebten Rhetorik und Debatten. Ich wusste, dass sie nicht einfach akzeptieren würden, was ich sagte. Ganz bestimmt hätten sie es nicht akzeptiert, wenn ich versucht hätte, sie unter Druck zu setzen. Sie mussten es sich selbst zu Eigen machen.

Die ersten drei Monate verbrachte ich in der Synagoge, aber der Widerstand war so heftig, dass ich beschloss, mich hinaus auf neutrales Gebiet zu begeben. Also mietete ich einen Vortragssaal in der Stadt. Er gehörte einem Lehrer namens – halten Sie sich fest – Tyrannus. Raten Sie mal, wie streng der war! Er unterrichtete immer morgens bis gegen elf Uhr, während ich mir meinen Lebensunterhalt verdiente, indem ich Zelte machte. Dann ging er, ebenso wie die Mehrzahl der Bürger von Ephesus, nach Hause, um während der heißesten Zeit des Tages zu schlafen. In dieser Zeit übernahm ich den Saal.

In Korinth war es ganz ähnlich. Dort stellte mir ein Mann namens Titus Justus sein Haus zur Verfügung. Das war sehr nett von ihm, denn wie ich mich erinnere, benutzte ich es etwa achtzehn Monate lang täglich! Ich hatte jeden Tag ungefähr fünf Stunden, um meine Sache zu vertreten, bevor die Arbeitszeit in der Stadt wieder anfing. Das Hauen und Stechen einer guten Debatte war mir ein Vergnügen und es würde mir sehr viel Spaß machen, mit Ihnen zu fechten. Die Sache ist nur die, Beverley, dass ich vermute, dass Sie in Ihrem Herzen schon genau wissen, was Sie wollen. Und damit meine ich nicht nur Ihren Wunsch, Ihren Vater wiederzusehen. Leider kann ich nicht mal kurz zur Erde kommen, um die Honneurs zu machen, aber in der alten Gemeinde Ihres Vaters gibt es einen Pfarrer, der Ihnen möglicherweise behilflich sein kann. Falls ich nicht wieder von Ihnen höre, gehe ich davon aus, dass ich schon einmal eine kleine Feier für den Tag vorbereiten kann, an dem wir uns endlich begegnen, aber bitte schreiben Sie wieder, wenn Sie das Bedürfnis haben. Selbst wenn es länger dauert als drei Jahre!

Falls nicht, dann wünsche ich Ihnen fröhliches Surfen! Ich versichere Ihnen, Sie werden feststellen, dass die Liebe Gottes viel tiefer und weiter und aufregender ist als alles, was das Internet zu bieten hat!

Herzlichst,
Paulus

• *Pauline* •

Sehr geehrter Herr,

ich bin siebzehn Jahre alt und Schülerin mit einem glatten Einser-Schnitt. Eins meiner drei Hauptfächer ist Religion und ich leite den Schülerbibelkreis an unserer Schule. In unsere örtliche Gemeinde gehe ich auch, glaube an die Unfehlbarkeit der Bibel und gehöre zu den Meteoren, der Jugendgruppe unserer Gemeinde. Wir leiten in unserer Gemeinde regelmäßig den Lobpreis und gehen manchmal in das Einkaufszentrum in der nächsten größeren Stadt, um die Ernte des Herrn einzubringen. Wir gehen zu allen Konzerten in unserer Nähe und bei einem davon wurde ich einmal im Geist hingerafft.

Ich bin voller Bewunderung für alles, was Sie getan haben, und nach der Schule möchte ich eine reisende Missionarin werden, so wie Sie. Es muss wunderbar sein, das Werk des Herrn zu tun und das Evangelium auszubreiten, wie Sie es getan haben, zu beten und Antworten von Gott zu bekommen, zu hören, wohin man gehen soll, und dann einfach hinzugehen.

Ich weiß eigentlich nicht recht, warum ich Ihnen überhaupt schreibe, außer dass ich fragen möchte, wie ich so werden kann wie Sie.

Ihre kleine Schwester in Christus
Pauline Evans (Miss)

P.S. Meine Mutter und mein Vater wollen, dass ich zuerst zur Uni gehe und Theologie studiere, aber ich glaube, das ist Zeitverschwendung, finden Sie nicht?

Liebe Pauline,

ich habe mich sehr gefreut, deinen Brief zu bekommen und von deiner Hingabe für den Herrn Jesus Christus und die Verbreitung seines Wortes zu hören. Wenn ich deine Energie und Begeisterung sehe, würde ich am liebsten für eine Weile auf die Erde zurückkehren. Gern würde ich mehr über deine Pläne und deine Träume erfahren. Die kurzen Intervalle, die ich in Gemeinschaft mit meinen Brüdern und Schwestern in Christus verbringen konnte, waren vielleicht meine glücklichsten Zeiten.

Du möchtest wissen, wie du so werden kannst wie ich. Ach, Pauline, ich glaube nicht, dass es dir wirklich gefallen hätte, so zu sein wie ich. Die Einsamkeit und meine eigene Persönlichkeit waren manchmal nicht gerade ein Vergnügen. Der einzige Rat, den ich dir aufrichtigerweise geben kann, ist, wirklich ehrlich zu Gott zu sein und dich jederzeit von *ihm* beraten zu lassen. Du sagst, es müsse herrlich gewesen sein, immer von Gott zu hören und loszuziehen, um seinen Willen zu tun. Aber eigentlich habe ich nur einige wenige Male direkt von ihm gehört. Ein Beispiel, über das Lukas wohl berichtet hat, war, als wir auf dem Weg nach Mysia waren und ich plötzlich merkte, dass ich mich geirrt hatte und dass Gott wollte, dass ich stattdessen nach Mazedonien ging. Meistens folgte ich nur den Hinweisen, die ich hatte, und benutzte meinen Verstand, zusammen mit all den anderen menschlichen Eigenschaften, die Gott mir gegeben hatte, um diese Aufgabe zu bewältigen.

Wahrscheinlich beziehst du dich auf etwas, das ich an meine kleine Gemeinde in Philippi geschrieben habe. Nebenbei: Dies war die erste Gemeinde in Europa, die ich gegründet hatte, und sie befand sich im eben erwähnten Mazedonien – du kannst dir also vielleicht vorstellen, warum sie mir besonders viel bedeutete. Noch interessanter ist vielleicht, dass der Brief, den du in deiner Bibel hast, geschrieben wurde, als ich in Rom in Gefangenschaft saß. Das gibt dir vielleicht schon allerhand zu denken! Ich liebte diese Gemeinde – die Leute dort waren immer sehr hilfsbereit und großzügig, selbst wenn ein, zwei Damen dort, wie ich mich erinnere, sich gelegentlich in verbalen Keilereien ergingen!

Ich habe gerade noch einmal nachgesehen, was ich den Leuten dort geschrieben habe: „Macht euch keine Sorgen! Ihr dürft Gott um alles bitten. Sagt ihm, was euch fehlt, und dankt ihm! Gott wird euch seinen Frieden schenken, den Frieden, der all unser Verstehen, all unsere Vernunft übersteigt, der unsere Herzen und Gedanken im Glauben an Jesus Christus bewahrt.“

Nun, Pauline, siehst du da irgendetwas davon, dass wir auf ein Fingerschnippen hin von Gott bekommen, was wir wollen, geschweige denn auf der Stelle? Was ich sehe und damals sah, war, dass Sorge und Panik uns schwache Menschen dazu bringen kann, uns von der einzigen Person abzuwenden, die die Macht hat, uns zu helfen, und es auch tun will. Beten mag manchmal als zu einfache Reaktion auf die Schwierigkeiten erscheinen, in denen wir stecken, doch indem wir vor Gott unsere Herzen ausschütten (*proseuche* ist das griechische Wort, das ich ursprünglich dafür verwendet habe), lassen wir immerhin die Möglichkeit eines göttlichen Eingreifens zu. Die Sache ist nur die, dass dieses Eingreifen vielleicht nicht ganz so ausfällt, wie wir es uns vorgestellt haben!

Weißt du, wo fast all die großen Missionare herkamen, die dein Land evangelisiert haben? Nun, einen Hinweis findest du, wenn du überlegst, wer in A.D. 45 in deinem Land einmarschierte und sich dort niederließ. Die Erfinder der geraden Straßen? Ja, natürlich meine ich die Römer.

Hast du je die Legende gehört, wie England zu seinem Namen gekommen ist? Ich meine natürlich die Geschichte, wie zwei kleine Jungen als Sklaven nach Rom gebracht wurden und dort mit ihren blonden Haaren und blauen Augen einiges Aufsehen erregten, sodass sich der Kaiser veranlasst sah, sie als Engel zu bezeichnen! Es dauerte ungefähr sechshundert Jahre, aber es war Augustinus, ein christlicher Mönch aus Rom, der das Werk, euch allen das Evangelium zu bringen, vor so vielen Jahren in Angriff nahm. Übrigens hatte er sich ursprünglich gar nicht auf dieses Abenteuer einlassen wollen. Offenbar hörte er, als er nach Frankreich kam, so furchtbare Gerüchte darüber, wie wild eure Vorfahren seien, dass er mit fliegenden Fahnen nach Rom zurückkehrte und Papst Gregor um die Erlaubnis anflehte, nicht zu euch gehen zu müssen! Danke Gott und Papst Gregor, dass er dennoch gezwungen wurde, zu euch zu kommen. Oh ja, und weil es Gottes Willen und Gottes Zeitplan entsprach, hatte er bereits den Weg geebnet, in dem er dafür sorgte, dass die Frau Ethelberts, des sächsischen Königs von Kent (wo Augustinus an Land ging), bereits eine Christin war! Wusstest du das alles über euren ersten Erzbischof von Canterbury? Er musste seine Pläne ändern, weil Gott andere Pläne hatte. Lies weiter!

Zurück nach Rom. Übrigens, bevor du danach fragst: Nein, ich war es nicht, der diese außergewöhnliche, viele Götter verehrende Stadt zum Glauben an einen allmächtigen Gott führte. Der Heilige Geist schaffte das mit der hingebungsvollen Unterstützung gläubiger Menschen, deren Namen zum Teil nie sehr bekannt wurden, sehr gut ohne meine Wenigkeit! Aber ich muss zugeben, dass ich mir aus allen möglichen Gründen sehr wünschte, Anteil daran zu haben. Ja, ich wollte dabei sein in dieser aufregenden Zeit mit ihren Herausforderungen und Abenteuern, aber es gab noch einen anderen Grund. Mir war dringend daran gelegen, manche unsinnigen Lehren darüber, was zur Errettung solcher besonders heidnischer Heiden notwendig sei, auszumerzen, bevor sie überhaupt in Umlauf kamen. Aus meiner Sicht schien alles dafür zu sprechen, dass ich dort war. Ich flehte Gott an, mich gehen zu lassen, und ich muss bekennen, dass ich sicher war, seine Antwort würde „ja" lauten. Im Rückblick kann ich kaum fassen, mit welcher Zuversicht ich von Korinth aus der Gemeinde in Rom meine bevorstehende Ankunft ankündigte. Ich hatte vor, auf meinem Weg zur Evangelisierung Spaniens einen kurzen Zwischenstopp dort einzulegen! Nur eine Verwaltungsaufgabe war vorher noch zu erledigen – der Transport einer Geldspende von den Gemeinden in Korinth an die Gemeinde in Jerusalem. Kleinigkeit! Wie sehr irrte ich mich über

Gottes Pläne für mich und für die Welt zu diesem Zeitpunkt! Sicher, am Ende kam ich doch noch nach Rom – zwei Jahre später, und in Ketten! In der Zwischenzeit geriet ich in Jerusalem in einen Aufstand, wurde in Cäsarea festgenommen, erlitt auf dem Weg nach Rom Schiffbruch und saß einen ganzen Winter lang auf der Insel Malta fest!

War es also falsch von mir, dass ich ein Teil des Teams sein wollte, das in Rom die gute Nachricht verkündigte? Oder war es falsch, dass ich Gott anflehte, mich gehen zu lassen? Ehrlich gesagt, das glaube ich nicht; nur was den Zeitpunkt anging, lag ich völlig falsch. Wäre es nach meinen Vorstellungen gelaufen, so wäre das Ergebnis eine angenehme Zeit der Gemeinschaft für mich und eine kleine Gruppe von Gläubigen gewesen. Gottes Plan aber führte dazu, dass das Evangelium den Sanhedrin in Jerusalem, zwei römischen Gouverneuren in Cäsarea und zuletzt sogar dem Kaiser Nero selbst vorgetragen wurde.

Also, Pauline, halte an deinen Träumen fest. Schütte vor Gott dein Herz aus. Mach deine Pläne. Benutze deine Initiative, deine Fantasie und deinen Verstand. Sei stur, sei tapfer und streck dich ganz nach dem aus, was du willst. Sei nur ein wenig besser auf Umwege und Hindernisse vorbereitet, als ich es war!

Nur noch eine Sache. Wie du sicherlich weißt, war ich Theologiestudent. Ich habe das erworben, was damals einem Universitätsabschluss entsprach. Während meines Dienstes gab es viele Gelegenheiten, wo ich meine ganze Kenntnis der Schrift brauchte, um die neuen Offenbarungen des Heiligen Geistes zu untermauern. Verstand und Herz schließen sich nicht gegenseitig aus, weißt du. Ich will dich nicht beeinflussen. Ich will auch nicht gegen dich die Partei deiner Eltern ergreifen. Aber denk einmal darüber nach.

Möge Gott immer bei dir sein, wohin immer du gehst und was immer du tust.

Dein großer Bruder in Christus
Paulus

Lieber Paulus,

ich freue mich sehr über diese Gelegenheit, Ihnen für Ihre hervorragende Arbeit bei der Verbreitung des Evangeliums zu danken. Insbesondere möchte ich Ihnen danken, dass Sie dargelegt haben, welche grundlegenden Verhaltensweisen von all jenen erwartet werden, die Zutritt zur christlichen Gemeinde haben möchten. Ich persönlich habe nicht das geringste Problem mit Ihren Lehren über Sitte und Anstand. Zur Verzweiflung dagegen bringt mich, und Sie sicherlich ebenso, die leichtfertige Einstellung vieler unserer jüngeren und, wenn ich das sagen darf, extravaganteren Gemeindeglieder. Ich habe zum Zeichen der Ehrfurcht im Gottesdienst stets Hut und Handschuhe getragen. Mein lieber Gatte sagt immer: „Betty, leben und leben lassen", und er versteht nicht, was mich so wütend macht, aber ich war schon immer der Ansicht, dass eine ordentliche Erscheinung zur Frömmigkeit gehört, und ich bin sicher, dass Sie mir da zustimmen. Schließlich treten wir in die Gegenwart Gottes ein und ich glaube kaum, dass Jeans und T-Shirts für einen solchen Anlass die angemessene Kleidung sind. Sie und ich kommen aus einer Generation, in der die Achtung vor den Älteren und Weiseren noch mit Nachdruck gelehrt wurde. Was ist nur aus unserer Welt geworden?

Eine andere Sache ist, dass die jungen Glieder unserer Gemeinde nie zufrieden sind. Die meiste Zeit beklagen sie sich nur, besonders die Mädchen. Wer denkt denn noch daran, dass man in der Gemeinde „Frauen sehen, aber auf keinen Fall hören" darf? Ich weiß, das sind nicht genau Ihre Worte, aber so haben Sie es doch gemeint, nicht wahr?

Worum ich Sie mit diesem Schreiben bitten möchte, ist, ob Sie nicht einen allgemeinen Brief an unsere Gemeinde schreiben könnten, in dem Sie in einer Sprache, die unseren jungen Leuten verständlich ist, die Regeln darlegen, die unseren Gemeinden im Lauf der Jahrhunderte so gut angestanden haben, die aber von der heutigen Jugend offenbar rundheraus auf arrogante Weise abgelehnt werden.

Einen adressierten und frankierten Rückumschlag sowie Briefpapier lege ich bei.

Mit freundlichen Grüßen
Mrs. R. Flowers

An alle interessierten Leser

Ich bin gebeten worden, euch klar und deutlich die Regeln darzulegen, die die Grundlage unseres christlichen Glaubens bilden.

Es sind zwei:

1. Liebe Gott, den Herrn, von ganzem Herzen, aus ganzer Seele und mit deinem ganzen Verstand.
2. Liebe deinen Mitmenschen, so wie du dich selber liebst.

Kein anderes Gebot steht über diesen beiden.

Alle anderen Regeln sind nur bedingt gültig, je nach der Zeit und der gesellschaftlichen Tradition, in der ihr lebt.

Euch als Gemeinde, jung und alt, möchte ich bitten, im Gebet zu bedenken, was dies für jeden Einzelnen von euch bedeuten könnte.

Der Segen unseres Herrn Jesus Christus, die Liebe Gottes und die Gemeinschaft des Heiligen Geistes sei mit euch.

Paulus

Liebe Mrs. Flowers,

danke für Ihren Brief, in dem Sie mir das Problem schildern, das Sie in Ihrer Gemeinde sehen. Mitteilungen dieser Art sind für mich nicht ungewohnt, denn ich habe mich schon häufig in der Rolle eines Fern-Pastors befunden. Wie ich sehe, gibt es mehrere Dinge, die Sie beunruhigen, und ich muss gestehen, dass es auch in dem, was Sie schreiben, mehrere Dinge gibt, die mich beunruhigen.

Lassen Sie mich eines von vornherein klarstellen. Sie scheinen davon auszugehen, dass ich daran beteiligt war, einen Verhaltenskodex zu formulieren, den alle, die mit Jesus unterwegs sind, strikt befolgen müssen. Das ist nicht der Fall. Die Situation änderte sich von Ort zu Ort und ich wog jeden Einzelfall unter Gebet ab, um an meine Gemeinden weiterzugeben, was ich von Gott als Antwort auf meine Gebete erhielt. Es gab Gemeinden, etwa die, die in Korinth gegründet wurde, die einer strengen Ermahnung zur Selbstbeherrschung bedurften. Doch es gab auch andere, wo es am wichtigsten war, die liebevolle Toleranz unter den Gliedern zu fördern. Vielleicht haben Sie den Eindruck, dass Ihre Gemeinde in die erste Kategorie gehört. Dem möchte ich entgegenhalten, dass sie durchaus auch in die zweite Kategorie gehören könnte und dass Sie, statt sich mit dem zu beschäftigen, was ich den Korinthern über ihre Art sich zu kleiden und zu frisieren schrieb, sich lieber auf das konzentrieren sollten, was ich den europäischen Gemeinden in meinem allgemeinen Brief zu sagen hatte, der, wie ich höre, als „Epheserbrief" bekannt geworden ist.

Ich drängte sie, Geduld miteinander zu haben, sich darauf zu konzentrieren, einander aufzubauen, und vor allem einander Fehler zuzugestehen. Schließlich sind wir, so versuchte ich ihnen deutlich zu machen, im Geist alle vereint. Wir sehen vielleicht nicht genauso aus oder hören uns genauso an, aber wir sind alle zu derselben herrlichen Zukunft berufen. Und diese Hoffnung ist uns nur durch die herrliche und außergewöhnliche Freundlichkeit Gottes gegeben worden, der über und in uns allen ist und durch jeden Teil von uns lebt. Das war schon immer ein schwieriger Punkt für die Pilger auf dem Weg des Herrn. Wir neigen alle dazu, nach dem äußeren Anschein zu urteilen, aber Gott macht es nicht so. Jeder von uns hat ein Rennen zu laufen – unsere eigene, persönliche Strecke. Jeder von uns ist dabei durch Aspekte unserer Persönlichkeit oder unseres Verständnisses mehr oder weniger gehandikapt.

Mrs. Flowers, Sie haben besondere Gaben durch den Heiligen Geist empfangen, nicht nur, um Ihnen zu helfen, Ihr Rennen zu laufen, so gut Sie können, sondern auch, damit Sie Ihrer Gemeinde helfen können, dasselbe zu tun. Gegenwärtig gelingt es mir allerdings nicht, Ihre Gaben zu erkennen, weil sie unter der abscheulichen Hülle ihres hyperkritischen Äußeren versteckt sind. Dennoch verzweifle ich nicht, denn ich weiß aus persönlicher Erfahrung, dass Sünde durch die Berührung des Heiligen Geistes abgewaschen werden kann. Zuerst jedoch müssen Sie sich eingestehen, dass das, was Sie als Ihre Stärke wahrnehmen, in Wirklichkeit eine Schwäche ist – dass also in Wirklichkeit Ihre kritische Neigung und Ihre arrogante Selbsteinschätzung die Stachel in Ihrem Fleisch sind, die Sie bremsen und Ihnen viel Schmerz und Kummer bereiten, was nicht das Geringste damit zu tun hat, wie die Jugend sich benimmt und sich kleidet, um ihr Rennen zu laufen.

Darf ich Ihnen sagen, werte Dame, dass ich den Verdacht habe, dass es Ihnen bisher nie gelungen ist, sich zu öffnen und die Liebe Ihres Erlösers zu empfangen. Wenn Sie das tun, werden Sie von der Tiefe seiner Empfindung für Sie so überwältigt sein, dass Sie Ihre Schwäche ohne weiteres eingestehen und mit Freuden zugeben können, dass Sie von seiner Kraft abhängig sind, wodurch Sie der Welt nicht Ihre eigene Tugendhaftigkeit, sondern seine Herrlichkeit und Macht offenbaren werden.

Als Kind hatte ich das Vorrecht, manche der besten Sportler der Welt auf den verschiedensten Rennstrecken wetteifern zu sehen. Ich vermute stark, dass Sie große Schwierigkeiten gehabt hätten, mir dabei Gesellschaft zu leisten, denn in meiner Heimatstadt Tarsus war es üblich, dass die griechischen jungen Männer ihre Rennen nackt liefen! Was ich dann beobachtete, war, wie die Leidenschaft sie antrieb, wie sie den Blick auf die Ziellinie richteten und vorwärts stürmten, ohne auf irgendwelche Ablenkungen zu achten. Genauso müssen wir es auch machen, doch bevor ich mich von Ihnen verabschiede, möchte ich Ihnen noch ein anderes anschauliches Beispiel aus der Welt, in der Sie leben, vor Augen halten. Ich habe beobachtet, wie gern Ihre jungen Leute laufen, insbesondere bei Rennen zur Belustigung, wie man sie zu meiner Zeit nicht kannte. Eines davon nennt sich, glaube ich, das Dreibeinrennen, bei dem die Teilnehmer jeweils zu zweit laufen und an zwei Fußgelenken miteinander verbunden sind, sodass es so aussieht, als hätten sie zusammen drei Beine. Mir scheint, dass bei diesem Rennen das Vorwärtskommen behindert ist, wenn das Paar nicht in der Lage ist, im Gleichschritt zu laufen, und dass die Kraft aus einer guten gegenseitigen Abstimmung kommt. Das Beispiel aus meiner Zeit hilft uns, die Notwendigkeit zu verstehen, uns auf das persönliche Vorwärtskommen in Richtung des Zielbandes zu konzentrieren, welches das Leben auf der Erde von dem Leben bei unserem Vater trennt. Das Beispiel aus Ihrer Zeit veranschaulicht vielleicht die Notwendigkeit, dass Glieder der Gemeinde sich gegenseitig auf ihre Gaben stützen, um gemeinsam so rasch voranzukommen.

Mrs. Flowers – bitte erlauben Sie mir, Sie Betty zu nennen –, ich möchte mich von Ihnen mit demselben Gruß verabschieden, den ich auch meiner Gemeinde in Korinth sandte. Streben Sie nach Vollkommenheit, hören Sie auf meinen Rat, seien Sie eines Sinnes, leben Sie in Frieden. Und der Gott der Liebe und des Friedens wird mit Ihnen sein.

Mit herzlichen Grüßen
Paulus

• *Jill* •

Lieber Paulus,

ich frage mich, ob ich wohl die Einzige bin, die dir schreibt, während sich neben dem Spülbecken drohend das Geschirr auftürmt, der Wäschekorb ebenso drohend vor Bügelwäsche überquillt und der Hund mit der Schnauze auf den Pfoten neben der Küchentür liegt und mir mimisch zu verstehen gibt, dass ich ihn nicht genug liebe, um mit ihm spazieren zu gehen. Bevor ich meine drei Kinder endlich zur Schule losgeschickt hatte, hatte ich bereits einen Krach über die Dicke der Schimmelschicht im Zimmer meiner heranwachsenden Tochter, einen Wutanfall über den Verlust eines Sporttrikots und eine komplette Auflösung in Tränen über die Tatsache, dass uns die Milch ausgegangen war, hinter mich gebracht!

Hörst du da ein Gefühl des Versagens heraus? Eigentlich bin ich verrückt nach meiner Familie und habe Grund zu glauben, dass sie mich trotz meiner Fehler liebt. Nur scheint leider keiner von uns besonders gut zu funktionieren und was mir zu schaffen macht, ist, dass dadurch unweigerlich auch unser Gemeindeleben in Mitleidenschaft gezogen wird.

Eine Sache, die ich dich schon immer fragen wollte, ist: Wie zum Kuckuck hast du es bloß geschafft, in deinem Leben so viel zu erreichen? Ich meine, du hast praktisch irgendwie die ganze Welt mit dem Evangelium erreicht, oder? Mir macht es schon Probleme, daran zu denken, dass der Wellensittich gefüttert werden muss. Wie hast du es geschafft, überall den Eindruck zu erwecken, dass du alles im Griff hast? Woher wusstest du immer, was du sagen solltest? Ich weiß das nie.

Neulich morgens kam eine Freundin zu mir zu Besuch. Sie wohnt in derselben Straße wie ich, und bei ihrem Neffen ist gerade Leukämie diagnostiziert worden. Sie kam doch tatsächlich zu mir, weil sie dachte, ich könnte vielleicht helfen, weil ich doch Christ bin. Da saßen wir also mitten in meinem üblichen Chaos und ich machte ihr eine Tasse Kaffee (Kekse gab's nicht, rate mal warum). Aber das eigentlich Schreckliche war, dass mir kein einziger nützlicher Bibelvers einfiel. Irgendwie konnte ich ihr keine Antworten geben, und die ganze Zeit fiel mir nichts ein außer, na ja, dieser „WWJD"-Geschichte. Davon haben unsere Kinder in der Sonntagsschule gehört. Sie haben sich Buttons mit diesem Spruch darauf gemacht, glaube ich. Du weißt schon – „What Would Jesus Do?" Aber ich wusste es nicht. Ich hatte keine Ahnung, was Jesus getan hätte. Das Einzige, was ich wusste, war, dass er irgendetwas getan hätte. Nicht so wie ich – ich habe ihr bloß eine Rolle Klopapier für die Tränen gegeben. Oh, wie sehnte ich mich nach einem schönen, blitzsauberen Wohnzimmer mit Jasminduft, der durch die offene Terrassentür hereinweht, einer Vase voll Rosen und einer hübschen Spenderbox mit blütenzarten Papiertaschentüchern auf dem glänzenden Couchtisch und wenigstens ein paar Schokoladenkeksen zum Trost!

Aber bei mir läuft es immer so. Ich habe nie das Gefühl, dass ich Gott ein gutes Zeugnis ausstelle. Eine Zeit lang spielte einer meiner Jungs sonntags vormittags Fußball und ich ging nach dem Gottesdienst zum Zuschauen hin. Wenn wir auf den Gemeindekaffee verzichteten, ohne auf die wütenden Blicke unserer Tochter und unseres anderen Sohnes zu achten, denen der Teil nach dem Gottesdienst am besten gefiel und die nicht einsahen, wieso sie überhaupt hingehen sollten, wenn sie nicht hinterher ihre Freunde treffen konnten, und wenn wir aus der Kirche stürmten, sobald der Pfarrer den Segen beendet hatte, kriegten wir gerade noch die letzten zehn Minuten mit. Aber wie starrten uns die Leute an, wenn ich in meinen besten Schuhen durch den Schlamm humpelte, begleitet von zwei stinksauren Kindern und einem niedergeschlagenen Ehemann! Jedes Mal hatten wir den großen Augenblick, die Verletzung oder gar den Platzverweis unseres Sprösslings verpasst. Ein unausgesprochenes „Wenn du ihn wirklich lieben würdest …" hing in der Luft, und man ließ mich nicht im Unklaren darüber, wie man allgemein über Eltern dachte, denen der Gottesdienst wichtiger war als die Interessen ihrer Söhne.

Dann war da die ganze Geschichte mit der guten Nachbarschaft. Ich glaube wirklich, dass der Teufel das Leben in unserer Nähe als eine Art Anti-Evangelisation benutzt. Warum meine Jungs, die sich auf dem Fußballplatz durchaus geschickt anstellten, völlig unfähig waren, den Ball innerhalb der Grenzen unseres Gartens zu halten, oder warum sie es für ihre Pflicht hielten, jedes Mal, wenn es einer von ihnen schaffte, den Ball zwischen unseren beiden leidgeprüften Apfelbäumen hindurch zu manövrieren, unter Triumphgeheul eine Siegesrunde durch den ganzen Garten zu vollführen, ist mir ein Rätsel und unseren Nachbarn ein Ärgernis. Deren Kinder hatten sich offenbar niemals so fürchterlich benommen! Irgendwie brachte ich nie den Nerv auf, sie zu unseren „Nachbarn-Mitbring-Picknicks" in der Gemeinde einzuladen. Du kannst dir sicher denken, warum!

Aber nicht nur außerhalb unserer Gemeinde scheinen wir alles zu vermasseln. Wir müssen wohl die einzigen Eltern in der Geschichte der Gemeinde sein, die vorzeitig aus ihrem Hauskreis aufbrechen mussten, weil unsere Tochter anrief und uns mitteilte, dass unsere Jungs sich um die TV-Fernbedienung prügelten.

Weißt du, Paulus, ich möchte es wirklich gern richtig machen. Ich möchte, dass meine Kinder mit dem Wunsch aufwachsen, Christus nachzufolgen. Ich möchte meiner Gemeinschaft von Nutzen sein. Ich bete sogar um Gelegenheiten, die gute Nachricht weiterzugeben. Du wirst erleichtert sein zu hören, dass ich mich nie in den Verkündigungsdienst berufen fühlte, sodass ich dich damit nicht strapazieren werde. Das einzige Mal, als ich bei einem Frauenfrühstück sprechen sollte, musste der Hund sich übergeben, kurz bevor ich aus dem Haus gehen wollte, und ich hatte keine Zeit mehr, mir die Haare zu trocknen. Ich spielte mit dem Gedanken, eiskalt zu lügen und beiläufig fallen zu lassen, ich würde jeden Morgen vor dem Frühstück schwimmen gehen, aber das brachte ich nicht fertig. So stand ich also da und sah so aus, als käme ich aus einem fernen Land mit einem ganz anderen Klima als der Rest der Frühstücksteilnehmerinnen!

Ich bin dazu erzogen worden, in der Schule nie mit weniger als einer Eins zufrieden zu sein. Da ich mich nicht erinnern kann, jemals in irgendeiner Arbeit eine Eins geschrieben zu haben, ist es vielleicht kein Wunder, dass ich mir ziemlich nutzlos vorkomme!

Also, meine Frage an dich ist: Was kann ich tun, um mich zu ändern? Was kann ich tun, um wirksamer Zeugnis zu geben? Ich erwarte nicht von dir, dass du mir ein Sofortheilmittel gibst oder mich auf dem Areopag predigen lässt oder so. Ich will auch keine Fernseh-Evangelistin werden. Aber du hast doch bestimmt ein paar Tipps aus deiner Erfahrung, wie ich das Evangelium wirkungsvoller weitergeben könnte, als es mir bisher gelungen ist.

Als ich heiratete, hatten wir meine Lieblingsstelle aus deinen Schriften als Trauspruch – die, wo du sagst, dass die Liebe wichtiger ist als das Zungenreden und ein großartiger geistlicher Dienst. Ich liebe diese Stelle immer noch und sie treibt mir die Tränen in die Augen, wenn ich sie laut vorgelesen höre; zum Teil, weil sie so schön geschrieben ist, aber auch, weil ich inzwischen das Gefühl habe, dass ich selbst diesem Anspruch nie gerecht werde. So zu lieben, wie du es beschreibst, erscheint mir so unerreichbar schwer. „Liebe ist geduldig und freundlich. Sie kennt keinen Neid, keine Selbstsucht, sie prahlt nicht und ist nicht überheblich.“ Nun, ich glaube nicht, dass ich prahlerisch oder überheblich oder auch nur neidisch bin, aber ich bin kaum jemals geduldig und ich bin sehr oft unfreundlich. Es gibt so vieles, das mir auf die Nerven geht. Der Fimmel meiner Tochter mit ihren Haaren und ihren Fingernägeln und das Chaos, das sie damit veranstaltet, kann mich in einen lächerlichen Wutanfall treiben. Meine beiden Söhne treiben mich auf andere Weise zum Wahnsinn. Da sie einfach nicht einsehen, warum man sich gemeinsam zum Essen hinsetzen sollte, schaffen sie es nie, rechtzeitig zu irgendeiner Mahlzeit am Tisch zu sein. Sie lassen ihre schmutzigen Sportsachen in den Taschen liegen, offenbar in der Meinung, ihre stinkenden, schlammverkrusteten Shorts würden durch eine magische Metamorphose blitzsauber werden, ohne je in der Waschmaschine zu landen. Auf den letzten Drücker am Tag des Spiels dann machen sie ihre Fußballschuhe in meiner Spüle sauber und verstopfen den Ausguss mit Gras- und Erdklumpen. Natürlich ist das ein unvernünftiges Verhalten und natürlich sind sie schon oft ermahnt worden, das nicht zu tun, und natürlich schimpfe ich deswegen mit ihnen, aber der Punkt ist, wie ich das tue. Nur selten gelingt mir eine vernünftige und beherrschte Reaktion. Eher schreie, tobe und heule ich und benehme mich, als wäre es das Ende der Welt, wie wir sie kennen. Wenn ich so drauf bin, sage ich Sachen zu ihnen, die fürchterlich unfreundlich sind und nur dazu dienen, sie total herunterzuputzen. Wie kann ich so etwas tun, wo ich sie doch so sehr liebe?

Tja, damit hat sich der nächste Vers schon erledigt, bevor ich überhaupt dazu gekommen bin, nicht wahr? „Verletzend, auf sich selbst bedacht und reizbar." Ja, das bin ich alles. Wahrscheinlich mindestens einmal in der Woche. Dann kommt: „Die Liebe ist nicht nachtragend." Ich schon. Wenn ich richtig in Fahrt bin, reibe ich ihnen jeden Fehler unter die Nase, den sie je gemacht haben. Schikaniererei habe ich schon immer gehasst, aber ich glaube, das ist es, was ich mache, wenn ich in Fahrt komme. Ich schikaniere sie. Ich benutze meine Macht, um sie herunterzuputzen, sodass sie zumindest für einen Augenblick kleiner und schwächer sind als ich.

An dem Rest deiner Worte halte ich mich fest. Ich hasse wirklich das Unrecht und ich gebe niemals auf, aber ich habe solche Angst, dass ich an ihnen versagt habe, weil es mir nicht gelungen ist, sie vor bösen Einflüssen zu bewahren. Ich weiß, sie lügen mich manchmal an und sagen mir nicht die ganze Wahrheit darüber, was sie treiben, mit wem sie sich treffen, wenn sie nicht zu Hause sind. Manchmal habe ich das Gefühl, dass ich an sie glaube und doch nicht an sie glaube. Verstehst du, was ich meine, Paulus? Ich glaube, ich habe schon das Vertrauen, dass Gott sie liebt, aber ich mache mir Sorgen, dass er sie vielleicht nicht besonders mag, weil ich mich manchmal selber frage, ob ich sie mag. Ich meine, wenn ich sie wirklich so gern hätte, wie könnte ich sie dann so schlecht behandeln? Hoffnung für ihre Zukunft habe ich durchaus und insofern glaube ich an sie und ihre Fähigkeit, zu lernen und Dinge zu überwinden, aber ich glaube eigentlich nicht alles, was sie sagen! Bin ich deshalb eine Realistin oder eine argwöhnische, misstrauische Rabenmutter?

Du scheinst dein Leben so gut im Griff gehabt zu haben. Du sagst: „Als Kind redete, dachte und urteilte ich wie ein Kind. Jetzt bin ich ein Mann und habe das kindliche Wesen abgelegt." Aber ich habe nicht das Gefühl, dass ich das kindliche Wesen abgelegt habe. Ich habe das Gefühl, als ob ich immer noch wie ein großes, albernes Kind auf das Leben reagiere, als ob ich mit meinen neununddreißig Jahren immer noch darauf warte, erwachsen zu werden.

Jill

Liebe Jill,

ich finde, du hörst dich an wie ein sehr netter Mensch, aber auch wie ein sehr undankbarer. Nein, ich will jetzt nicht deine Schuldgefühle noch verstärken, indem ich dich ermahne, deine Segnungen zu zählen, die du in Form deiner Kinder, deines Mannes und deiner Freunde hast. Genauso wenig will ich dein Gefühl des Versagens verstärken, indem ich andeute, dass du mit deiner Situation zufriedener sein solltest. Aber ich werde dir deine Geringschätzung für die beträchtliche Gabe vor Augen halten, die der Heilige Geist dir verliehen hat.

Wie ich es verstehe, war bei den Briten das Schenken schon immer ein wesentlicher Teil des Feierns. Ob es nun Weihnachten oder Ostern ist, ein Geburtstag oder ein Hochzeitstag, immer werden Geschenke ausgetauscht. Dem Mangel an Selbstvertrauen nach zu urteilen, der sich in deinem Brief zeigt, würde ich vermuten, dass das Aussuchen von Geschenken für deine Familie bei dir ziemlich lange dauert, zum Teil, weil du deinem Urteil nicht traust, zum Teil aber auch, nehme ich an, weil du stets versuchst, für jede Person das passendste Geschenk auszusuchen. Du bedenkst ihre Vorlieben, was Farbe und Stil angeht, aber du denkst auch an Utensilien, die ihnen fehlen; Dinge, die ihnen das tägliche Leben effektiver und leichter machen würden.

Liebe Jill, der Heilige Geist liebt dich mindestens ebenso sehr wie du deine Familie. Er hat dich angesehen und wusste genau, welches Geschenk er dir geben würde: dasjenige, das am besten zu dir passt und das dich befähigen würde, dein natürliches Potenzial auszuschöpfen. Es gibt keinen Unterschied zwischen „charismatischen" und „nichtcharismatischen" Gaben. Sie sind *alle* charismatisch. Sie entstammen alle der Gnade Gottes (das ist die Bedeutung des Wortes „charismatisch"), einschließlich der größten Gabe von allen, dem Charisma des ewigen Lebens, das jedes einzelne seiner Kinder im Moment seiner geistlichen Geburt automatisch empfängt.

Manche seiner Gaben waren – und sind – praktischer Natur, indem sie etwa einen natürlichen Hang zur Gastfreundschaft oder zur Fürsorge für die Ärmeren verstärken. Manche von ihnen helfen den Intellektuellen unter uns, ihr Potenzial als Lehrer und Leiter auszuschöpfen. Apostel und Evangelisten, Heiler und Wundertäter mögen vielleicht eine spektakulärere Ehre empfangen haben, ihre Geschenke sind vielleicht in glänzenderes Papier eingewickelt, aber ich muss dir wohl kaum sagen, wie hoch Jesus diejenigen schätzte, die die Bedürfnisse anderer an die erste Stelle setzten, und wie sehr er die Freundschaft und Hilfe derer brauchte, die die Gabe der Gastfreundschaft hatten.

Du sagst, ich hätte praktisch die Welt mit dem Evangelium erreicht, was, wenn ich das sagen darf, leicht übertrieben ist, selbst wenn man in Rechnung stellt, dass die bekannte Welt damals etwas kleiner war als heute. Aber ich kann mir nicht denken, wie ich irgendetwas zu Stande gebracht hätte, wenn mir nicht liebe Freunde und Helfer geschenkt worden wären, die sich während meiner ganzen Dienstzeit um mich kümmerten. Ich meine Leute wie Priscilla und Aquila, meine Zeltmacherkollegen, die mich nicht nur monatelang bei sich aufnahmen, als ich in Korinth stationiert war, sondern mich sogar auf meiner Reise nach Syrien begleiteten. Kannst du dir vorstellen, wie einsam und entmutigend das Leben manchmal für mich war? Dadurch, dass ich all meine Hoffnungen und Sorgen mit diesem liebevollen Paar teilen konnte, blieb ich bei Verstand und konnte sogar noch singen. Ich war mit so vielen guten Freunden gesegnet, doch während ich dies schreibe, kommt mir der Gedanke, dass die besondere Gabe, die Bedürfnisse anderer über die eigenen zu stellen, schon immer ziemlich teuer war für diejenigen, die sie empfingen! Gaius und Aristarchus, die von Mazedonien aus meine Reisegefährten waren, wurden in Ephesus von Aufständischen ergriffen und zum Amphitheater geschleppt, während Silas, Barnabas und Timotheus manchmal ihre Zweifel an der Großzügigkeit des Heiligen Geistes gehabt haben müssen, bedenkt man die Schläge und Gefangennahmen, die ihnen von Feinden des Weges Jesu zuteil wurden, und die Griesgrämigkeit und Sturheit eines der Hauptvertreter des Weges Jesu, nämlich meiner Wenigkeit!

Und dann war da natürlich Lukas. Mein lieber Freund Lukas, verlässlich, scharfsinnig und durch und durch gut. Er war ein sehr gelehrter Mann, ein wunderbarer Schriftsteller und ein großartiger Arzt. Wusstest du, dass, als ich als alter Mann in Rom im Gefängnis saß und auf meine Hinrichtung wartete, mein lieber alter Arzt bei mir war, treu bis ganz ans Ende?

Jill, du fragst dich sicher, warum ich mich endlos über mich selbst und meine Freunde auslasse, wo du doch so anschaulich geschildert hast, was dir als dein unüberwindliches Scheitern erscheint.

Nun, der Grund ist, dass ich dich ermuntern möchte, ein wenig höher zu schätzen, was du vom Heiligen Geist empfangen hast. Ich glaube, ich werde ihm um deinetwillen danken. Zuerst werde ich ihm dafür danken, dass er dir ein Geschenk gegeben hat, das dich vor dem lächerlichen Missbrauch bewahrt, der manche der spektakuläreren Gaben manchmal begleitet. Die albernsten Auswüchse kamen in meiner geliebten, aber bisweilen äußerst nervigen Gemeinde in Korinth vor. Das war ein ziemlich egozentrischer Haufen und sie kapierten einfach nicht, dass die unverkennbar übernatürlichen Gaben ebenso mit der ganzen Gemeinde geteilt werden sollten wie die praktischen Gaben. Weißt du, der Heilige Geist muss wohl der Meinung gewesen sein, dass die Korinther jede Menge Hilfe brauchten, denn er hat sie mit Geschenken geradezu überschüttet. Prophetie, Geisterunterscheidung, Glaube, Zungenrede. Nenne irgendeine Gabe, irgendjemand in der Gemeinde hatte sie, verlass dich drauf! Hätten alle ihre Gaben geteilt, wie es die Absicht des Geistes war, so wäre diese Gemeinde unermesslich reich gewesen. Es hätte wunderbar sein müssen, aber das war es nicht, weil sie nicht genug Anteil aneinander nahmen. Stattdessen benahmen sie sich wie ungezogene Kinder in der Schule, wenn die Lehrerin ihnen den Rücken zukehrt, um etwas Wichtiges an die Tafel zu schreiben – sie schwätzten alle gleichzeitig in Zungen und hörten einfach nicht zu, was Gott ihnen beizubringen versuchte.

Sie waren es, denen ich die Worte schrieb, die bei deiner Hochzeit als Trauspruch verwendet wurden, und zu ihnen sprach ich davon, dass sie das kindliche Wesen ablegen sollten, nicht zu Leuten wie dir, die bereits mit der schwierigen Aufgabe kämpfen, den Weg der Liebe zu gehen. Natürlich ist das schwierig, und natürlich scheiterst du. Es hat überhaupt nur einen Einzigen gegeben, der das erfolgreich geschafft hat. Aber selbst er brauchte Freunde und ich danke ihm, dass er dich berufen hat, ihn zu unterstützen. Oh ja, Jill. Weißt du nicht mehr, was er gesagt hat? Was immer du für die Geringsten seiner Brüder und Schwestern tust, das tust du für ihn.

Und an dieser Stelle muss ich jetzt ein bisschen streng mit dir sein. Du scheinst die Ehre, die dir erwiesen wurde, nicht gebührend zu schätzen. Mag ja sein, dass du dein Haus nicht aufgeräumt findest, aber es gehen doch immerzu Menschen durch deine Tür, um dich um Hilfe zu bitten, oder etwa nicht? Kommt dir in all deiner Panik wegen des Abwaschs denn nie der Gedanke, dass Gott sie dir geschickt haben könnte? Fragst du dich denn nie, warum er sie zu dir geschickt hat? Wohl kaum, damit du sie mit deinen hausfraulichen Qualitäten beeindruckst.

Was hat *das* damit zu tun, „Gott ein gutes Zeugnis auszustellen"? Er ist doch kein Waschmaschinenfabrikant, oder? Er hat seine Lahmen und seine Leidenden zu dir geschickt, weil du zu seinem Team gehörst, das er besonders für die Aufgabe des Zuhörens und Mitfühlens ausgerüstet hat. Mag sein, dass du findest, du hättest keine nützlichen Bibelverse im Ärmel oder keine wohlklingenden Gebete im Kopf, aber dir ist doch gesagt worden, dass du den Heiligen Geist bitten sollst, dir die Verse zu geben oder an deiner Stelle zu beten. Deine Gabe ist dir gegeben, damit Gott durch dich seine Gemeinde bauen kann. Natürlich will er, dass du fragst, was Jesus tun würde, aber es ist auch nötig, dass du ihn zum Zuge kommen lässt, sodass er dir durch sein Beispiel zeigen kann, was er tun wird! Tust du das nicht, dann könntest du ebenso sehr in Gefahr geraten, deine Gabe zu missbrauchen, wie die Zungenschwätzer in Korinth.

Jill, ich bin bewusst streng zu dir gewesen, weil du zu denen gehörst, die in vorderster Front in Gottes Krieg gegen den Bösen arbeiten, dessen einziges Ziel es ist, Menschen unwiederbringlich von der Liebe ihres himmlischen Vaters zu trennen. Du hast Recht, wenn du sagst, dass du dein kindliches Wesen ablegen musst, aber du hast nicht Recht in deiner Einschätzung, worin dieses kindliche Wesen besteht. Deine Sorge um die Situationen, in denen du nicht liebevoll gegenüber deiner Familie bist, ist kein kindliches Wesen, das du ablegen musst. Das muss mit Gottes Hilfe in Ordnung gebracht, aber nicht abgelegt werden. Nein, der Unsinn, den du seit deiner Kindheit geglaubt hast, du müsstest alles aus eigener Kraft leisten, das ist es, was du ablegen musst, und zwar bitte so bald wie möglich. Du sagst, du möchtest wirksamer Zeugnis geben. Jetzt weißt du wie. Der Heilige Geist braucht dich so schnell wie möglich wieder dienstbereit.

Dein Mitstreiter in Christus
Paulus

Lieber Paulus,

es freut mich sehr, endlich die Bekanntschaft des Mannes zu machen, der ohne sein Wissen gegenwärtig eine so herausragende Rolle in meinem Leben spielt! Lassen Sie mich erklären.

Einunddreißig Jahre lang habe ich das Leben ohne jedwede größere Komplikationen genossen. Ich habe das Glück, eine Engländerin von der geradezu archetypischen Sorte des „Allround-Talents“ zu sein. In der Schule war ich in so ziemlich alle Fächern unter den ersten drei bis sechs, von Sport (wo ich drei Jahre hintereinander den Jugend-Grafschafts-Rekord im Weitsprung hielt) bis Kunst. Ich war eine ordentliche Tennisspielerin, spielte Cello bis Schwierigkeitsgrad sechs und war Captain in meinem Haus im Internat. Außerdem war ich die Vorsitzende des schulübergreifenden Debattierclubs. Ohne allzu große Anstrengung schaffte ich es auf die Universität Sheffield, wo ich, von einer unglücklichen Liebesgeschichte abgesehen, drei wunderbare Jahre verbrachte, und schloss mit einem Prädikatsexamen in Geschichte und Englisch ab. Während meiner Zeit dort trieb ich immer noch mit einigem Ehrgeiz Sport, gehörte dem Allgemeinen Studentenausschuss an, machte im Debattierclub mit und sang im Chor. Während der drei Jahre fand ich einige großartige Freunde und ich glaube, ich könnte mit Fug und Recht hinter meinen „B.A.“-Titel und mein „A.R.T.“-Prädikat (Allround-Talent) noch die Bezeichnung „P.K.“ (Prima Kumpel) setzen. Mit mehreren dieser Freunde habe ich immer noch Kontakt und einer von ihnen ist verantwortlich dafür, dass Sie in mein Leben eingetreten sind und dort einige Verwirrung angerichtet haben.

… mich ja – ach was,
… nicht! –, aber für eine Einladung zum Essen tue ich alles! Also ging ich hin, aber wie sich herausstellte, waren es hauptsächlich schon ziemlich betagte Leute, und ich kam zu dem Schluss, dass das auf lange Sicht nichts für mich sei. Trotzdem erklärte ich mich bereit, bei einer Art vorweihnachtlichem Liedersingen in der städtischen Turnhalle ihren Alt zu unterstützen.

Als ich gegen halb sieben zur Pflichtprobe erschien, war ich ein bisschen entsetzt. Nicht nur, dass die ausgeliehene Marine-Galauniform ungefähr drei Nummern zu groß für mich war, ich stellte auch fest, dass wir die winzige Behelfsbühne mit der örtlichen Blaskapelle einschließlich Tubas und Posaunen teilen mussten. Es war unerträglich heiß und eng und, offen gesagt, miserabel organisiert. Überall waren junge Leute, die die Wände mit Lichterketten behängten und Programme auf den Stühlen auslegten, und eine richtige Armee kleiner Kinder, die als Engel, Hirten und so weiter verkleidet waren, mampften sich durch ihre riesigen Picknickpakete, während ihre Mütter versuchten, Haarbänder aus Lametta in den rutschigen, frisch gewaschenen Haaren zu befestigen. „Eins … zwei … drei!“, tönte es knackend aus den Mikrofonen, die am Bühnenrand aufgebaut waren, und um ehrlich zu sein, als es endlich anfangen sollte, hatte ich die Nase gestrichen voll von der ganzen Sache und wünschte mir nur, ich hätte mich aus dem Staub gemacht, bevor der ganze Rummel begann. In gewisser Weise wünsche ich mir das immer noch, wenn auch aus anderen Gründen.

Denn wissen Sie, mitten in den weihnachtlichen Lesungen, der Blaskapelle, unserem Auftritt und einem praktisch unhörbaren Krippenspiel der Kinder geriet ich in einen Hinterhalt. Ich, die ich immer so stolz darauf gewesen war, mein Leben vollkommen im Griff zu haben; die ich zu allem, was mit Religion zu tun hatte, immer die beliebte marxistische Einstellung eingenommen hatte (Sie wissen schon, Opium fürs Volk und dieser ganze Blödsinn). Ich, die ich den Abend damit begonnen hatte, im Kopf meine Geschenkliste für Weihnachten zu verfeinern, ließ irgendwie meine Abwehr sinken und ließ es zu, dass sich etwas in mein Herz schlich und es gefangen nahm. Ehrlich, genauso fühlte es sich an. Ich schaute mich in der Turnhalle um, gerammelt voll von Leuten, die sich das Herz aus dem Leib sangen, und statt die höhnische Reaktion zu empfinden, die ich sonst hatte, wenn ich beim Zappen zufällig über *Songs of Praise* stolperte, ertappte ich mich bei dem Wunsch, das zu fühlen, was sie fühlten. Auf dem Weg nach Hause schüttelte ich mich kräftig und sagte mir, das sei nur eine Reaktion auf das Lametta und die sentimentalen Assoziationen der alten Weihnachtslieder, aber das Gefühl war auch am nächsten Morgen noch da, und am nächsten und übernächsten ebenso. Am Heiligabend schlich ich mich leise in die Mitternachtsmette in unserer Kirche und heulte wie ein Schlosshund hinter der mit Stechpalmen und Efeu dekorierten Säule. Am Weihnachtstag war es ganz komisch. Es kam mir vor, als sei ich da und doch nicht da – als sei da eine Art unsichtbarer Schleier zwischen mir und allen anderen. Am ehesten kann ich es noch beschreiben, indem ich sage, dass es dasselbe Gefühl war, das ich auch in den ersten Tagen der unglücklichen Liebesgeschichte an der Universität hatte.

Als ich in der folgenden Woche meine Handtasche ausräumte, stieß ich auf das Programm für das Weihnachtsliedersingen und fand darauf eine Art Werbung für die Gemeinde, die für sich in Anspruch nahm, die ganze Sache organisiert zu haben. Offenbar traf sie sich jeden Sonntagmorgen in einer Schule ganz in meiner Nähe. Raten Sie mal, wo ich prompt am nächsten Sonntag hinstiefelte! Ich schlich mich hinten herein, als es schon begonnen hatte, und was ich dort erlebte, haute mich um. Da waren ungefähr vierhundert Leute, die herumtanzten und sich das Herz aus dem Leib sangen, und statt mich über die ganze Sache kaputt zu lachen, machte ich mit – leise, und ganz im Hintergrund, aber ich machte mit. Wir sangen davon, wie wunderbar Jesus ist und wie seine Liebe die ganze Geschichte durchströmte. Wir baten ihn, uns zu verändern, uns neu zu machen. Zum ersten Mal in meinem Leben wollte ich anders sein. Ich öffnete mich dafür, verändert zu werden. Ich glaube – verzeihen Sie mir, wenn Sie mich für verrückt halten –, ich verliebte mich in die ganze Sache. Alles, was ich in jener Woche und während der folgenden Wochen von Jesus hörte, erfüllte mich mit sprachlosem Staunen darüber, dass ich das alles noch nie zuvor gehört hatte. Wie hatte ich nur einunddreißig Jahre lang durchs Leben gehen können, ohne diese Gefühle zu kennen und zu wissen, was für einen Preis Jesus für mein Leben bezahlt hatte?

Dann, nachdem ich diese Gemeinde ungefähr fünf Wochen lang besucht hatte, wurde ich zu einer Art Einführungskurs eingeladen, der für jeden obligatorisch war, der Mitglied der Gemeinde werden wollte. Ich freute mich riesig und hüpfte zu meinem ersten Treffen wie ein Welpe auf dem Weg zur ersten Hundeschule. Das war der Abend, an dem ich Ihnen begegnete. Sicher, Jesus war natürlich auch da, doch während er mir Erfüllung, Geborgenheit und Freude zu verheißen schien, schienen Sie außer Disziplin und Verurteilung nichts zu bieten zu haben.

Ich stellte fest, dass die Gemeinde, in der ich mich befand, sich zwar nicht als extrem fundamentalistisch einstufte, ich aber dennoch nie für irgendeine leitende Aufgabe in Frage kommen konnte, abgesehen vom Lehren der Kinder (wohl kaum meine starke Seite!). Ich durfte nicht im Gottesdienst von vorn das Gebet leiten, predigen oder einen Hauskreis leiten, und ich durfte nie hoffen, zu dem so genannten „Ältestenkreis“ zu gehören, einer Art Vorstand, der die Gemeinde leitete. Das ganze Zeug mit der Rollenverteilung in der Ehe betraf mich natürlich nicht so direkt, obwohl es mich trotzdem zum Schäumen brachte, aber die begrenzte Rolle von Frauen im aktiven Gemeindebetrieb machte mich, offen gesagt, sprachlos. Und wann immer ich fassungslos nachfragte, wer denn so einen Unsinn verzapft haben könnte, schien die Antwort zu lauten: Sie. Ich versuchte zu entgegnen, dass das doch sicher für damals galt und nicht mehr für heute, aber die anderen verstanden gar nicht, was mein Problem war. Ich bin immer noch dabei, aber es fällt mir zunehmend schwerer, mich einzufügen und meinen Mund zu halten.

Also, Paulus, was können Sie mir dazu sagen? Ist es wirklich wahr, dass all meine kommunikative Begabung und meine Ausbildung im Management nicht zum Einsatz kommen können, nur weil ich eine Frau bin? Wie kann ich mich einem so archaischen Regime unterordnen? Ich bin wirklich keine militante Feministin. Ich bin ein normaler, ausgeglichener, vernünftiger, klar denkender Mensch, der lediglich zufällig nun einmal kein Mann ist! Das hat, was die Möglichkeiten, die das Leben mir bot, nie die geringste Rolle gespielt – bis jetzt.

Beantworten Sie mir diese eine Frage, Paulus. Wenn Sie heute hier wären, würden Sie dann immer noch die gleichen Richtlinien aufstellen? Und bitte, Paulus, tun Sie mir einen Gefallen: Tun Sie so, als wäre ich ein Mann, wenn Sie antworten, und behandeln Sie mich als gleichwertig!

Mit freundlichen Grüßen
Jerry Tate

Liebe Miss Tate,

Grüße im Namen Jesu an meine neue Schwester in Christus. Darf ich meiner Freude darüber Ausdruck geben, dass Sie den Mut hatten, mich so direkt herauszufordern? Ich habe Diskussionen mit gebildeten Gegnern schon immer genossen und mein Eindruck ist, dass Sie da keine Ausnahme bilden werden. Ich werde versuchen, etwas Licht in die Bereiche zu bringen, die Ihnen offenbar zu schaffen machen, und hoffe, dass Sie am Ende zumindest eine klarere

Vorstellung davon haben werden, wogegen Sie argumentieren müssen, wenn Sie sich das nächste Mal mit Ihren Ältesten treffen!

Allerdings habe ich nicht die Absicht, so zu tun, als wären Sie ein Mann, und zwar aus zwei wichtigen Gründen, die ich Ihnen nennen werde. Der erste ist, dass ich gerade dadurch meine Anerkennung Ihrer Gleichwertigkeit Lügen strafen würde, und ich möchte mich nicht in Widerspruch zu allem setzen, wofür ich stand, während ich auf der Welt war. Sie lobpreisen ohne Rückhalt unseren Herrn Jesus Christus. Das tat ich auch. Wie Sie war auch ich überwältigt von seiner Verheißung der Erfüllung, Geborgenheit und Freude. Dennoch stieß ich mich als junger Christ ebenso wie Sie an manchen Dingen, die ich zu hören bekam. Sie sind – wie waren Ihre Worte – „sprachlos erstaunt". Nun, das war ich auch. Ich war sprachlos erstaunt, als ich von seinen Freunden von der vielleicht revolutionärsten Tatsache über das Wirken Jesu auf der Erde hörte, nämlich von seinem Umgang mit Frauen.

Ich war ein Kind meiner Zeit, genau wie Sie ein Kind der Ihren sind. In meinem Jahrhundert mussten Frauen sich unterordnen und galten in jedem Bereich ihres Lebens als minderwertig gegenüber den Männern. Sie hatten im Grunde außerhalb des Hauses nichts zu suchen und außer im Haushalt nichts zu sagen. Man betrachtete sie allgemein als faul, geschwätzig, dumm, eitel, leichtfertig und sogar als eine Gefahr für die Moral. Tut mir Leid, aber so war es. Die Männer waren verpflichtet, ihre Frauen zu bekleiden, zu ernähren und zu unterhalten, aber nur in genau derselben Weise, wie sie ihren Sklaven gegenüber verpflichtet waren. Vor dem Gesetz hatten Frauen genauso wenig Rechte wie Sklaven und die nötige Bildung, um daran etwas zu ändern, enthielt man ihnen vor, da sie als unbelehrbar galten! Die jüdischen Schulen standen nur Jungen und Männern offen und im Tempel gab es einen abgeteilten Hof für die Frauen.

In dieses kulturelle Umfeld hinein wurde Jesus geboren und gegen diesen Hintergrund beeinflusste er die Männer und Frauen, mit denen er in Kontakt kam. Jesus sah Frauen zum ersten Mal als

Persönlichkeiten, die für ihre Sünden verantwortlich und fähig zur Buße waren, mit Bedürfnissen, Begabungen und Unzulänglichkeiten. Er heilte sie, berührte sie, redete mit ihnen, hörte ihnen zu und erlaubte ihnen, ihn zu berühren, ihm zu folgen, mit ihm Freundschaft zu schließen und ihm zu dienen. Selbst seine Lehre und seine Geschichten befassten sich ebenso oft mit den Angelegenheiten der Frauen wie mit denen der Männer, womit er seinen Respekt vor ihren geistlichen Einsichten und ihrem Bedürfnis zeigte, mehr zu lernen.

Zum ersten Mal wurden Männer und Frauen dazu ermutigt, Beziehungen zueinander aufzubauen, die nicht nur rein sexuell waren. Und es gab auch keinen Zweifel, dass dies mit seinem Tod nicht erledigt war. Frauen waren es, denen die Engel die Neuigkeit von der Auferstehung verkündigten, und ihnen blieb es überlassen, die Männer zu informieren. Somit hatte von den allerersten Tagen der christlichen Gemeinde an eine radikale neue Ordnung begonnen. Von jenen ersten Tagen im Obergemach an beteten Frauen gemeinsam mit Männern, empfingen den Heiligen Geist und wurden vollwertige Mitglieder der Gemeinde. Sie konnten beten, Prophezeiungen aussprechen und sich auf eine bislang im Judentum nie gekannte Weise an Entscheidungen beteiligen. Mit alledem wurde ich konfrontiert, ohne zu der Schar um Jesus gehört zu haben, während er hier war, und ich muss zugeben, dass es schwierig für mich war, so ohne weiteres von meiner jüdischen zu einer christlichen Sicht von Frauen überzugehen. Trotzdem will ich versuchen, Ihnen Beispiele dafür vorzutragen, dass meine Lehre dem radikalen Beispiel unseres Herrn folgte.

Allen meinen Gemeinden gab ich die fundamentale Lehre weiter, dass es in Christus keinen Unterschied gibt – dass Männer und Frauen in Gottes Augen gleichwertig sind, und mehr noch, dass sie gemeinsam Erben des Reiches Gottes sind. Wenn ich damit irgendwelche Schwierigkeiten hatte (und übrigens fiel es Petrus nicht leichter als mir, das Beispiel Jesu in die Tat umzusetzen), dann entsprach das ganz den inneren Kämpfen der Männer in unseren Gemeinden. Sie mussten lernen, ihre Frauen nicht nach ihrer juristischen Stellung anzusehen, die schwächer war, sondern nach ihrer geistlichen Position, die gleichwertig war. Aber es war absolut entscheidend, dass das von allen verstanden wurde. Alle, Männer wie Frauen, waren Sünder, die der Erlösung bedurften. Allen stand diese Erlösung zur Verfügung. Alle hatten durch das Gebet gleichermaßen Zugang zu Gott, und der Heilige Geist wohnte in ihnen allen. Alle hatten Anteil am Priestertum aller Gläubigen, hatten gleichermaßen Zugang zu den öffentlichen Gottesdiensten und die Möglichkeit, in einem Zustand religiöser Hingabe zu leben. Der Leib Christi, eines meiner bevorzugten und, wie ich fand, eindrücklichsten Bilder für die Gemeinde, bestand aus Männern und Frauen.

Frauen gehörten nicht zur Gemeinde. Sie *waren* die Gemeinde, genau wie die Männer. Tut mir Leid, wenn ich mich an dieser Stelle wiederhole, aber es ist wesentlich, dass Sie sich klar machen, wie revolutionär solche Gedanken waren. Meine Gewohnheit, meine Briefe sowohl an Männer und Frauen zu adressieren, verstärkten diese Botschaft, denn bis dahin war es die Norm gewesen, alle moralischen Abhandlungen nur an die Männer zu richten, die solche Unterweisungen nach ihrem Gutdünken weitergeben konnten.

Trotz alledem bedeutet diese Gleichwertigkeit in Gottes Augen jedoch nicht, dass Männer und Frauen ein und dasselbe sind. Und das ist der zweite Grund, warum ich es unpassend fände, so zu tun, als wären Sie ein Mann. Ich beziehe mich nicht nur auf mich selbst, sondern auf alle frühen Apostel, wenn ich sage, dass wir den Frauen zu verstehen geben wollten, dass sie nicht mit den Männern wetteifern mussten, um frei zu sein. Sie waren in Gottes Augen bereits frei. Eine unserer größten Krisen entstand in unserer explosiven Gemeinde in Korinth, wo enorme Verwirrung darüber herrschte, ob Frauen den Brauch, ihr Haupt zu bedecken, wenn sie in der Gemeinde nach vorn gingen, um zu beten oder eine Prophezeiung auszusprechen, ablegen sollten oder nicht. Ich musste sie eindringlich daran erinnern, dass es völlig unnötig war, dass sie sich um äußere Demonstrationen der Gleichheit kümmerten, und dass es darum nur recht und billig war, wenn sie diese Tradition beibehielten. Hat es bei Ihnen nicht in den letzten Jahren eine Zeit gegeben, in der Frauen es für nötig hielten, sich auf eine Weise zu kleiden, die Macht ausstrahlte, um ihre Emanzipation zu unterstreichen? Ganz ähnlich war es in Korinth. Sie mussten lernen, dass es nicht nötig war, zu wetteifern, sich nach oben zu drängen. Eine Frau sollte ihre Freiheit zu prophezeien als Frau ausüben, ein Mann als ein Mann. Und bevor Sie jetzt einwerfen: „Und was ist mit Ihren Bemerkungen über die Ehe?", darf ich Sie daran erinnern, dass Unterordnung etwas anderes ist als Gehorsam. Kinder werden in meinen Briefen aufgefordert, ihren Eltern zu gehorchen. Ehefrauen werden aufgefordert, sich freiwillig ihren Männern unterzuordnen, und Männer, sich ihren Frauen unterzuordnen. Das ist nicht nur Haarspalterei, sondern es ist grundlegend für das Verständnis des Unterschieds zwischen den christlichen Geschlechterbeziehungen und denen in der griechisch-römischen und jüdischen Welt, wo Frauen unter der Herrschaft ihrer Männer lebten und nicht das geringste Selbstbestimmungsrecht hatten.

Oberflächlich hatte sich gar nicht so viel verändert. Ich forderte die Frauen auf, sich schicklich zu verhalten und nie über ihre Männer zu dominieren oder sie zu belehren zu versuchen. Ich forderte sie auf, den Willen und die Wünsche ihrer Männer freiwillig an die erste Stelle zu setzen. Doch indem ich die Männer aufforderte, sich um das umfassende Wohlergehen ihrer Frauen zu kümmern, bahnte ich den Weg für ein grundlegendes Verständnis der Menschenrechte, das von damals bis heute zu einem Teil unserer Kultur geworden ist. Indem ich die Rolle der Frau im Haushalt zur Rolle einer Hausherrin (*oikodespoteo*) erhob, stellte ich klar, dass die Entscheidungen und die Leitung nicht mehr allein beim Ehemann lagen. Indem ich im selben Zusammenhang beständig sowohl den Ehemann als auch die Ehefrau ansprach, schuf ich bewusst einen Präzedenzfall.

Es gab drei Gründe für mein Beharren darauf, dass der *Status quo* innerhalb der Ehe und innerhalb der Gemeinde im Wesentlichen derselbe bleiben sollte wie in der Zeit vor Christus. Der erste ist, dass ich – zu Recht oder zu Unrecht – der Überzeugung war, dass es eine bestimmte Ordnung gibt, die Gott bei der Schöpfung eingesetzt hat. Männer und Frauen wurden mit deutlichen Unterschieden geschaffen. Adam wurde zuerst geschaffen, dann Eva. Die Frau wurde aus dem Mann geschaffen, der somit ihre Quelle war, so wie Gott die Quelle Christi ist. Deshalb hatte ich keine Schwierigkeiten mit den Gedanken, dass der Mann eine schützende, patriarchalische Rolle gegenüber seiner Frau haben sollte, zumal unser Herr Jesus den Gedanken der Leiterschaft so gründlich auf den Kopf gestellt hatte. Das „Haupt-Sein" Christi bedeutet seine völlige Selbsthingabe und unsere Erlösung. Führen hieß Dienen. Auf diese Weise habe ich versucht, mein Leben als Leiter, Pastor und Lehrer zu leben, und so erwartete ich auch von den Männern, dass sie sich gegenüber ihren Frauen verhielten. Ich benutzte bewusst das Wort *agape*, wenn ich von der Art von Liebe sprach, die ich von christlichen Ehemännern erwartete – eine dienende Liebe, die eine Frau befähigte, in ihrem Glauben und Selbstvertrauen zu wachsen.

Der zweite Grund war mein Bestreben, die soziologischen Probleme, die sich aus meiner Verkündigung ergaben, so gering wie möglich zu halten – einer Verkündigung, die sämtliche Wertvorstellungen einer auf sexuellen, rassischen und sozialen Unterschieden basierenden Gesellschaft über den Haufen warf. Sie mögen mir Feigheit vorwerfen, aber bevor Sie das tun, schauen Sie sich meinen letzten Grund an.

Der dritte Grund war, den Ruf der Gemeinde so rein wie möglich zu erhalten. Das war für mich entscheidend wichtig. Ich hielt es nicht für meine erste Priorität, eine neue Sozialordnung zu schaffen, sondern das Kreuz zu predigen, das an sich schon eine wenig schmackhafte Botschaft war für eine Kultur, in der nur Ehrgeiz und Erfolg als lobenswert galten. Ich war bestrebt, dass die relative Freiheit christlicher Frauen nicht den Anschein von Ausschweifung erweckte. Wissen Sie, ich hatte noch sehr gut in Erinnerung, wie wenig beeindruckt ich von den allerersten Gruppen von Gläubigen gewesen war, die sich in der Halle Salomos am Tempel versammelten und so undiszipliniert und unwissend wirkten. Ich wollte, dass die Frauen der Gemeinde ein Schmuck für die Lehre unseres Gottes und Retters seien, nicht, dass sie in irgendeiner Weise von der Botschaft ablenkten. Ich wollte nicht, dass irgendetwas die Verbreitung des Evangeliums behinderte. Mein Eindruck war, dass eine weitergehende Emanzipation unserer Frauen genau das tun würde. Nun können Sie einwenden, dass das, was ich über die Frauen in der Gemeinde gesagt habe, die Verbreitung des Evangeliums in *Ihrer* Zeit behindert. Sie sind vielleicht der Ansicht, dass ich nicht richtig gehandelt habe, aber ich kann nur sagen, dass meine Briefe für die konkreten Bedürfnisse einer konkreten Gruppe von Menschen zu einem konkreten Zeitpunkt geschrieben wurden. Sie waren nicht als Modell für die Gemeinde in einem anderen Teil der Welt zu einer anderen Zeit gedacht. Wie könnten sie auch? Ich dachte ja, die Welt würde noch während meiner Lebenszeit zu Ende gehen!

Was ich Ihnen sagen möchte, ist, dass die wesentlichen Wahrheiten über die Zeiten hinweg Bestand haben, weil sie von Gott kommen. Die konkreten Details lassen sich nicht immer auf dieselbe Weise umsetzen. Alles außer Christus ist Bedingungen unterworfen. Als die Gemeinde in Jerusalem entstand, teilten die Mitglieder alles, was sie hatten. Das war nicht der Maßstab, den ich später in meiner Verkündigung aufrichtete, obwohl ich die Gemeinden ermahnte, großzügig zu geben und sich um Gruppen wie die Witwen zu kümmern, die nicht in der Lage waren, sich selbst zu versorgen. Warum? Weil ich die Lebensweise der ersten Gemeinde nicht mehr für angemessen hielt. Als ich meinen Dienst antrat, war es natürlich genau der richtige Zeitpunkt Gottes für die Evangelisierung der nichtjüdischen Völker, eine Tatsache, die man nur im Rückblick klar erkennen kann. Es war zum Teil deswegen der richtige Zeitpunkt, weil es enorm viel leichter geworden war, von Land zu Land zu gelangen. Die Meere waren endlich sicherer vor Seeräubern und die Straßen waren relativ zügig begehbar. Außerdem war es der richtige Zeitpunkt wegen der neuen Weltordnung, die durch die Ausbreitung des römischen Reiches entstanden war.

Die Rolle, die Frauen in den Gemeinden offen stand, spiegelte die kulturellen Unterschiede der Gegenden, in denen die Gemeinden entstanden, ebenso wider wie meine persönlichen Überzeugungen. Die griechisch-römische Welt war in einem sozialen und kulturellen Umbruch, als diese beiden sehr unterschiedlichen Kulturen sich zum ersten Mal miteinander vermischten. Die Rolle der Frauen, sowohl in der Ehe als auch im beruflichen Bereich, begann sich zu verändern. Viele Frauen erhielten nun eine Ausbildung. Ihre wirtschaftlichen Rechte bei Erbschaften und Scheidungen wurden gestärkt und manche Frauen begannen sogar mit ihren Männern zu reisen und Einfluss auf die lokale Verwaltung der römischen Kolonien zu gewinnen. Meine ersten europäischen Gemeinden spiegelten diese gesteigerte Flexibilität wider, während die christliche Gemeinde in Jerusalem traditioneller blieb.

Wohlgemerkt, das änderte nichts daran, dass Frauen sich schicklich verhalten mussten, denn die neue Ordnung brachte eine gesteigerte moralische Laxheit und Verderbtheit mit sich, und es war natürlich entscheidend, dass sich die Gemeinde davon nicht anstecken ließ. Dieser Umstand bedeutete allerdings, dass Frauen im Gemeindeleben der europäischen Gemeinden eine aktivere Rolle einnahmen.

Meine gute Freundin Priscilla ist dafür ein vorzügliches Beispiel. Sie und ihr Mann Aquila reisten und arbeiteten zusammen als Zeltmacher. Abgesehen davon, dass sie sehr gute Freunde von mir waren, halfen sie auch, Apollos im Glauben zu unterweisen, und legten so eine hervorragende Grundlage für die Gemeinde in Ephesus. Gemeinsam leiteten sie einen Hauskreis, dienten mit mir zusammen als Missionare und riskierten sogar ihr Leben für mich.

Zusammen und gemeinsam waren sie verantwortlich für den Aufbau mehrerer der frühen europäischen Gemeinden. In Rom waren mehrere Frauen sehr engagiert, während die erste Gemeinde in Philippi sogar von einer Gruppe jüdischer Frauen gegründet wurde, nachdem Lydia den Herrn in ihr Herz aufgenommen hatte. Eine wunderbare Geschichte darüber, was Gott durch Frauen tun kann, Jerry. Wissen Sie, damals gab es dort noch keine Synagoge für die Juden und die Frauen trafen sich unten am Flussufer, wo sie ihre Wäsche wuschen. Darum war nicht nur die erste Person, die den auferstandenen Christus sah, sondern auch die erste europäische Christin eine Frau.

Dann waren da die Frauen, die in der Leitung meiner Gemeinde in Philippi mitarbeiteten. Wenn ich könnte, würde ich meine Bemerkungen über die Streitigkeiten zwischen Euodia und Syntyche streichen, weil sie ein sehr unfaires Bild von dem wertvollen Beitrag geben, den diese Frauen als meine standhaften Verbündeten bei der Verbreitung des Evangeliums leisteten. Nicht zu vergessen natürlich Phöbe, eine herausragende Arbeiterin für Gott, die die Verantwortung für die Leitung meiner Tochtergemeinde in Kenchreä übernahm. Ich hatte nie ein Problem damit, in meiner missionarischen Tätigkeit Seite an Seite mit Frauen zu arbeiten, und ebenso wenig damit, Frauen einen wesentlichen Teil der Gemeindearbeit übernehmen zu lassen, wenn das möglich war, ohne Anstoß zu geben.

Nun, wie weit bringt uns das, Jerry?

Herzliche Grüße
Paulus

Lieber Paulus,

das bringt uns so weit, dass ich nun völlig verwirrt und noch wütender auf meine Gemeinde bin. Wollen Sie damit tatsächlich sagen, dass ich auf der Grundlage dessen, was Sie geschrieben haben, eigentlich leiten, beten, prophezeien und predigen dürfte? Wenn ja, dann bin ich gespannt auf mein Treffen mit den Ältesten, das ich für nächsten Freitag vereinbart habe.

Herzliche Grüße
Jerry

Liebe Jerry,

jetzt kommen wir zum vielleicht schwierigsten Teil meiner Gedanken und Anweisungen über die Rolle der Frauen in der Gemeinde. Ich werde nicht um den heißen Brei reden, Jerry. Ich war der Überzeugung, dass es unangebracht sei, wenn Frauen einen bestimmten Aufgabenbereich übernehmen, nämlich die allgemeine Leitung und das Predigen und Lehren vor Männern.

Ich weiß, dass Sie das sehr wütend machen wird. Ich werde jetzt nicht verteidigen, was ich für meine Gemeinden für das Richtige hielt, aber ich will zumindest meinen Gedankengang erläutern. Ich habe bereits gesagt, dass die alltäglichen Leitungsaufgaben in der Gemeinde sowohl Männern als auch Frauen offen standen. Frauen durften in den Gemeinden beten und prophezeien, wo man nicht damit rechnen musste, dass dies einen Skandal auslösen würde, wie zum Beispiel in Cäsarea, wo die vier Töchter des Philippus, wie ich mich erinnere, allesamt Prophetinnen waren. Allerdings sah ich zu dieser Zeit nicht die Möglichkeit, dass Frauen Älteste werden könnten. Schon die Bezeichnung „Älteste" gibt Ihnen vielleicht einen Hinweis, warum nicht. Die Ältesten – oder Bischöfe – meiner

Gemeinden waren ältere Männer aus der Gemeinschaft, denen aufgrund ihrer Bildung, Erfahrung und Weisheit diese Rolle auf den Leib geschrieben war. Ich formulierte einige ziemlich strenge Richtlinien bezüglich der Qualitäten, auf die es mir ankam, und ich muss sagen, dass diese Richtlinien nicht nur alle Frauen, sondern auch einen großen Teil der Männer von diesem Amt ausschloss. Von ihnen wurde erwartet, dass sie erfahrene Christen mit einer Begabung zum Lehren waren, die in dem Ruf standen, gut, fleißig, nüchtern, freundlich und ordentlich zu sein. Ich ging davon aus, dass sie verheiratet sein (mit nur einer Frau!) und eine anständige und disziplinierte Familie haben sollten. Warum konnte das nicht für eine Frau möglich sein?

Jerry, es war einfach undenkbar, dass die Männer eine Frau als Autorität über sich akzeptiert hätten, was immer aus meiner Sicht auch für oder gegen diesen Gedanken hätte sprechen mögen. Sie hatten, wie ich schon erläutert habe, genug damit zu tun, Frauen als gleichgestellt zu behandeln. Es wäre für sie etwa so gewesen, als würde Ihr Pastor heute verkünden, dass Ihre Gemeinde ab sofort von einem Zwölfjährigen geleitet werde. Die Reaktion wäre ähnlich gewesen und die Gemeinde hätte sich vor dem Rest der von Männern dominierten Welt zur Lachnummer gemacht.

Ich muss allerdings sagen, dass noch mehr dahinter steckte als nur der Ruf der Gemeinde oder die Durchsetzbarkeit eines so radikalen Schrittes. Ich glaubte, es widerspreche der natürlichen Ordnung, wenn Frauen ihre Männer belehrten, und das wäre der Fall gewesen, wenn sie in der Gemeinde hätten predigen können.

Ich bin gespannt auf Ihre Antwort!

Herzliche Grüße
Paulus

Lieber Paulus,

dann haben Sie es also doch gesagt! Na ja, zumindest einiges davon. Also, Paulus, jetzt will ich es wissen: Wenn Sie heute hier wären, was würden Sie sagen? Würden Sie angesichts der Tatsache, dass Frauen bewiesen haben, dass sie ebenso gebildet sein können und ebenso gut in der Lage sind, Geschäfte zu führen, wie Männer, immer noch sagen, dass Frauen nicht predigen dürfen?

Herzliche Grüße
Jerry

Liebe Jerry,

die Frage ist naheliegend, aber ich kann sie nicht beantworten. Wie ich schon sagte, ich war ein Kind meiner Zeit, einer außergewöhnlichen Zeit, in der die Ausbreitung des Evangeliums unter den Nichtjuden Gottes Hauptziel für mich war. Der effektivste Weg, das so schnell wie möglich zu tun, war immer meine oberste Priorität. Ich betete um Weisheit, wo ich Rat brauchte oder wo Schwierigkeiten auftauchten.

Manchmal gab mir Gott seinen Rat. Wenn ich eine solche Antwort nicht bekam, benutzte ich meinen gesunden Menschenverstand. So regte ich an, dass Frauen zum ersten Mal die Möglichkeit bekommen sollten zu lernen, und ich sprach mich für ihre Teilnahme an allen Aspekten des Gemeindelebens aus, aber ich hielt es der Ausbreitung des Evangeliums nicht für dienlich, ihnen volle Autorität über Männer einzuräumen.

Nun fragen Sie mich, ob ich angesichts der Tatsache, dass in Ihrem Jahrhundert Frauen das Stimmrecht und die Gleichstellung in der Bildung und im Berufsleben erreicht haben, immer noch dasselbe sagen würde? Das kann ich Ihnen natürlich nicht beantworten, weil ich ja nicht in Ihrer Welt lebe. Ich will Ihnen nur eines sagen. Wäre ich dazu auserwählt gewesen, in Ihrer Zeit zu leben, so hätte ich mich zweifellos mit diesem Problem ebenso befasst wie mit vielen anderen – Homosexualität, Scheidung, Leihmutterschaft, Abtreibung, Spaltungen im Leib der Gemeinde, Einstellung zu älteren Menschen, Disziplinierung der Jugend. Ihre Gemeinde hätte mir mindestens ebenso viele schlaflose Nächte bereitet, wie es meine taten.

Es ist durchaus denkbar, dass ich die Frage nach der Rolle der Frauen auf dieselbe Weise hätte betrachten müssen, wie ich unser beunruhigendstes Problem betrachten musste, nämlich ob es richtig war, wenn unsere nichtjüdischen Bekehrten sich dem Ritus der Beschneidung unterzogen. Ich kam zu dem Schluss, dass diese Männer von Gott angenommen worden waren und den Segen des Heiligen Geistes erhalten hatten, ohne eine Zeremonie zu durchlaufen, die für sie nur wie eine Verstümmelung wirken konnte. Möglicherweise hätte dies viele von ihnen davon abgehalten, dem Weg Jesu zu folgen. Darum musste ich folgern, dass es nicht Gottes Willen für sie entsprach, ein Verhalten von ihnen zu erwarten, das zu einer anderen Rasse und in eine andere Zeit gehörte. Es wäre gleichbedeutend damit gewesen, freie Männer unter das Gesetz zu stellen. Also vielleicht …

Es gibt einen Entscheidungsspielraum innerhalb des Leibes Christi. Manche „Denominationen“, wie Sie es nennen, sind zu dem Schluss gekommen, dass es richtig ist, wenn Frauen mehr Einfluss und genau die gleichen Möglichkeiten zum Übernehmen von Leitungsaufgaben haben. Andere halten ihre Frauen an, sich trotz ihrer offensichtlichen Gleichstellung in anderen Bereichen des Lebens freiwillig als Akt des Dienstes gegenüber ihrem Herrn unterzuordnen. Manche hielten es für richtig, exakt die Richtlinien zu befolgen, die ich in meiner Zeit formulierte. Manche glauben, diese Richtlinien seien unmittelbar von Gott eingesetzt und darum unantastbar.

Der größte Unterschied ist vielleicht, dass Frauen in Ihrer Zeit die Möglichkeit haben, selbst zu wählen, in welches Regime sie sich einfügen wollen. Ich werde Ihr Treffen mit den Ältesten mit Interesse beobachten.

Jerry, ich hätte Sie gerne als Mitarbeiterin gehabt. Bleiben Sie sich selbst treu und mühen Sie sich um Ihr Heil, mit Gott als Ihrem Haupt (wie immer Sie mein Griechisch auch interpretieren wollen!).

Gott segne Sie und bewahre Sie in seinem Licht.

Ihr Freund
Paulus

Ruth

Lieber Paulus,

ich frage mich, ob Sie mir wohl einen Rat geben könnten. Ich bin eine glücklich verheiratete Frau von zweiundvierzig Jahren. Ich habe zwei Kinder, elf und fünfzehn Jahre alt. Sie haben das Glück, über zwei komplette Paare rüstiger und liebevoller Großeltern zu verfügen. Uns geht es ziemlich gut. Tony, mein Mann, hat eine gute Stellung. Er unterrichtet an unserer hiesigen Abendschule und ich arbeite halbtags als Aushilfslehrerin. Mein Mann ist ein fürsorglicher Ehemann und Vater. Sie sehen, oberflächlich betrachtet haben wir eigentlich kaum Probleme.

In letzter Zeit jedoch haben wir uns zu Hause dauernd nur gestritten und der Grund für die meisten Auseinandersetzungen ist die Gemeinde. Wissen Sie, Paulus, mein Mann kommt nicht aus einer christlichen Familie. Ich schon. Ich wurde schon als Kind von meinen Eltern immer in die Kirche mitgenommen und ich wäre nie auf die Idee gekommen, dass es bei meinen Kindern einmal anders sein könnte. Mein Mann ist im Grunde ein sehr toleranter Mensch und solange die Kinder noch klein waren, hatte er überhaupt nichts dagegen, dass ich sie jeden Sonntag mitnahm. Ich glaube, insgeheim gefiel es ihm ganz gut, sich zwei Stunden lang in aller Ruhe mit den Sonntagszeitungen und unzähligen Tassen Kaffee vergnügen zu können. Doch vor ungefähr einem Jahr fuhr meine Tochter auf eine christliche Freizeit und hatte dort eine wirklich wunderbare Begegnung mit dem Herrn. Als sie nach Hause kam, war sie so begeistert, dass sie gar nicht mehr aufhören konnte, davon zu reden, und sie erwartete natürlich von ihrem Papa, dass er sich dafür interessierte. Schließlich hatte er sonst immer regen Anteil genommen, wenn ihr irgendetwas Aufregendes passierte. Doch weit gefehlt. Er war wütend auf mich, weil ich sie hatte mitfahren lassen, auf die Jugendgruppenleiter, weil sie sie einem solchen Unsinn ausgesetzt hatten, und auf meine Tochter, weil sie so dumm und gutgläubig war, auf so etwas hereinzufallen. Er ging hoch wie eine Rakete! Unglücklicherweise mischten dann auch noch meine Eltern mit! Mein Vater nimmt selten ein Blatt vor den Mund und er sagte Tony in aller Deutlichkeit, was er dachte. Dann fragte er mich vor beiden Kindern, was ich denn erwartet hätte, nachdem ich gegen den Rat meiner Eltern unbedingt einen Nichtchristen heiraten musste.

Tonys Eltern, die vollkommen versessen auf ihre Enkelkinder sind, desertierten mit fliegenden Fahnen (unglücklicherweise, wenn Sie verstehen, was ich meine). Sie meinten: „Wenn es unsere Laura glücklich macht, was ist dann so schlimm daran?" Irgendwie hat das auch nicht geholfen! Es hat sogar alles noch schwieriger gemacht, indem es meine Mutter und mich dazu brachte, uns zu fragen, ob wir an dieser Stelle etwas über die Lebenswichtigkeit des Todes Jesu zu ihnen hätten sagen müssen. Nun fühlten wir uns deswegen auch noch schuldig.

Um die Sache noch schlimmer zu machen, nutzte mein opportunistischer elfjähriger Sohn, der es in der Gemeinde schon seit einiger Zeit ziemlich langweilig fand, die Gelegenheit, um zu verkünden, dass er nicht länger bei etwas mitmachen wolle, womit er nicht einverstanden sei. Tony schien dies als eine Art kleinen Sieg zu betrachten und natürlich schlugen Oma und Opa Stokes sofort in die Kerbe und meinten, wenn es ihren Davy glücklich mache, nicht mehr in die Gemeinde zu gehen, was sei dann so schlimm daran?

Und so sind nun die Sonntagvormittage bei uns zu Hause ziemlich furchtbar. Davy scheint es besonders zu genießen, mit einem Handtuch um die Hüften durch die Küche zu schlendern und davon zu reden, wie sehr er sich darauf freut, ein ausgedehntes Bad zu nehmen oder mit seinem Papa am Computer zu spielen. Meine Tochter scheint all ihre Freude verloren zu haben. Mein Mann spricht kaum mit uns und ich ziehe mit Schuldgefühlen beladen los zum Gottesdienst. Ich fühle mich schuldig, weil mein Sohn nicht mehr mit mir kommt – im Gegensatz zu den meisten Jungs meiner Freundinnen. Ich fühle mich schuldig, dass Laura sich im Kreis ihrer christlichen Freunde nicht mehr so richtig zu Hause fühlt, weil ihr Papa ihr nicht erlaubt, an den Freizeitaktivitäten der Jugendgruppe teilzunehmen. Und dann fühlt sie sich auch noch in der Schule als Außenseiterin, weil sie nicht mehr mit den anderen am Sonntagmorgen zum Flohmarkt oder in die Stadt gehen kann.

Ich weiß, Sie hatten nie selbst Kinder, aber bitte, wenn Sie mir irgendwie helfen können, lassen Sie es mich wissen. Meine Mama schickt Ihnen Grüße und lässt ausrichten, dass Ihre Schriften ihr schon bei vielen Gelegenheiten geholfen hätten, und sie wünschte nur, sie hätte Ihre Fantasie und Ihren Einfallsreichtum, um einen Weg zu finden, unserer kleinen Familie zu helfen, die vor ihren Augen in Stücke zu zerbrechen scheint.

Herzliche Grüße
Ruth Stokes

P.S.: Ich habe diesen Brief gerade noch einmal durchgelesen und finde, dass Tony darin in keinem sehr freundlichen Licht erscheint. Bitte verstehen Sie mich nicht falsch. Er ist im Grunde ein sehr netter Mann und ich liebe ihn sehr. Es ist sogar so – bitte erwähnen Sie das nicht, wenn Sie mir schreiben –, dass er manchmal eher eine christliche Haltung zeigt als mein Vater, der ein bisschen schnell bei der Hand ist, wenn es darum geht, andere zu verurteilen! Ich mache mir einfach Sorgen, dass all das Tony nur noch mehr vom christlichen Glauben abgeschreckt hat. Ich hatte immer gehofft, dass mein Glaube ihn eines Tages für den Herrn gewinnen würde, und jetzt habe ich das Gefühl, dass alles ruiniert ist.

Herzlichst
Ruth

Liebe Ruth,

zuerst einmal Grüße an die winzige Gemeinde, die mitten in der Familie Stokes besteht!

Bevor wir uns dem unmittelbaren Problem zuwenden, möchte ich Ihnen etwas sagen, das ich auch den „gemischten" Paaren in Korinth gesagt habe. Deren Welt war nämlich gar nicht so sehr verschieden von der Ihren. Es war eine hektische, aggressive Konsumgesellschaft, in der Eigennutz und Opportunismus die Norm waren. Sie nahm auch eine sehr liberale Haltung zur Moral ein. Wussten Sie zum Beispiel, dass einer der Tempel, der Akrokorinth, tausend Prostituierte beherbergte? Die sexuelle Revolution ist keine Erfindung der sechziger Jahre Ihres Jahrhunderts!

Wie Sie sich vorstellen können, verbrachte ich ziemlich viel Zeit damit, jungen Christen zu helfen, die sich Sorgen machten, wie sie ihr geistliches Leben inmitten der freizügigen Gesellschaft, zu der sie gehörten, ausleben sollten. Manchmal bedeutete das auch, Leute wie Ihren Vater daran zu erinnern, dass es notwendig war, Beziehungen zu Menschen außerhalb der Gemeinde aufzubauen. Einmal musste ich sogar deutlich machen, dass die Christen ganz und gar aus der Welt verschwinden müssten, wenn sie ihrer Neigung folgen wollten, sich von allen verderblichen Einflüssen der Menschen außerhalb der Gemeinde fern zu halten! Nach den Briefen zu urteilen, die ich in den letzten Wochen erhalten habe, könnten vielleicht eine Menge Christen des 21. Jahrhunderts eine Dosis von meiner ziemlich unmissverständlichen Lehre über das Thema der Vermischung von Leben nach dem Evangelium und sexueller Ausschweifung gebrauchen. Aber nicht Sie, meine liebe Ruth.

Ihnen möchte ich etwas anderes sagen. Als kosmopolitische Stadt gab es in Korinth unvermeidlicherweise viele Mischehen zwischen Juden, Heiden und Christen. Für die gläubigen Partner war das damals genauso ein Problem wie für Sie heute. Ich achtete sehr darauf, dass sie verstanden, dass die Meinung, die ich dazu äußerte, meine ganz persönliche Ansicht war. Mit anderen Worten, Gott hatte mir nicht ausdrücklich aufgetragen, sie zu äußern. Aber sie beruhte auf etwas, das Petrus mir erzählt hatte.

Ich drängte sie, sich, wenn irgend möglich, nicht von ihren Partnern zu trennen, denn ich war der ehrlichen Überzeugung, dass ein ungläubiger Ehemann durch die Gebete seiner Frau geheiligt war und umgekehrt. Beten Sie weiter für Tony und versuchen Sie, Gott in diesem wie in allen anderen Dingen zu vertrauen. Die Heftigkeit seiner Reaktion auf das Irrationale erinnert mich sehr schmerzlich an meine eigene übereifrige Reaktion auf die beharrliche Behauptung der Apostel, Jesus, der unter den Augen vieler Zeugen öffentlich gekreuzigt worden war, sei tatsächlich am Leben und – mehr noch – er sei der ersehnte Messias. Das sollte Ihnen und mir Hoffnung für Tony geben. Für mich, einen gebildeten Juden, war diese Behauptung der pure Wahnsinn. Das im fünften Buch Mose festgehaltene Gesetz besagte eindeutig: „Ein Aufgehängter ist verflucht bei Gott." Die Kreuzigung war die schändlichste Art der Hinrichtung, die man sich vorstellen konnte, und diese ungebildeten Idioten versuchten mir, dem gebildeten Mann von Welt, zu erzählen, gerade darin liege Herrlichkeit! Lachhaft!

Für Tony stinkt das, was Laura passiert ist, nach Irrationalität, und das ist eine Beleidigung für das, was er für seine moderne, wissenschaftliche Sicht des Lebens hält. Vielleicht bringt er das Ereignis sogar mit Sektentum in Verbindung. Er ist vielleicht verletzt, dass seine vermeintlich großzügige Duldung Ihrer Religion missbraucht wurde. All das spielt eigentlich keine Rolle, wissen Sie. Verurteilen Sie ihn nicht für seine Reaktion. Liebe Ruth, beten Sie mit Ihrer Mutter für eine Begegnung zwischen Ihrem Mann und seinem Herrn und freuen Sie sich darüber, dass das Erlebnis Ihrer Tochter ihn so stark bewegt hat. Aus Leidenschaft kann Gott eine Menge machen!

Und nun zu Ihrer anderen Sorge – Ihren Kindern. Wie normal sie sich anhören! Was für ein Glück für sie, dass sie von so viel Liebe umgeben sind, selbst wenn das im Moment ein paar Probleme verursacht. Ich fühle mich geehrt, dass Sie überhaupt meine Meinung dazu einholen wollen. Wenn ich Ihren Brief lese, fühle ich mich an meine Beziehung zu Timotheus erinnert, der für mich wie ein lieber Sohn war. Im Grunde ist der Gedanke an Timotheus passender, als Sie vielleicht denken. Wussten Sie, dass er selbst ein Sohn aus einer Mischehe war? Timotheus' Mutter und Großmutter waren jüdisch und sein Vater war Grieche. Das war für Juden, die außerhalb Palästinas wohnten, damals sozial allgemein akzeptiert und die Griechen waren ja ohnehin für ihre religiöse Toleranz bekannt. In Lystra, wo Timotheus aufwuchs, gab es Griechen, die ihre Götter verehrten (zu denen sie für ein paar verrückte Stunden auch Barnabas und mich zählten), und Juden, die Gott anbeteten. Oh ja, Timotheus' Vater war modisch tolerant, aber nur bis zu einem bestimmten Punkt, genau wie Tony. Er ließ es gern zu, dass seine Frau und seine Schwiegermutter dem kleinen Timotheus alles Mögliche an vermeintlich harmlosen Lehren aus ihren heiligen Schriften beibrachten, aber seinem Sohn einen jüdischen Namen zu geben, das ging für ihn zu weit. Außerdem weigerte er sich kategorisch, seinen kleinen Sohn beschneiden zu lassen. Sicher, aus seiner Sicht kann man das verstehen. Die Griechen waren so stolz auf die körperliche Schönheit des Mannes, dass dieses scheinbar sinnlose Ritual ihnen als geradezu barbarisch erschienen sein muss.

Aber stellen Sie sich vor, wie das für den jungen Timotheus gewesen sein muss, als er heranwuchs. Für die Jungen in Lystra fand Schwimmen und Sport unbekleidet statt und es gab nur Gemeinschaftstoiletten, sodass er keine Chance hatte, seine Scham vor anderen jüdischen Jungen zu verbergen. Man wird ihn nicht nur für unrein, sondern auch für ungesegnet gehalten haben. Auf der anderen Seite muss Eunikes und Lois' Drängen, dass er ihrem Gott folgen sollte, unvermeidlicherweise die Freiheit beschnitten haben, die er als Grieche hätte genießen können. Der Junge muss sich wie Ihre Laura zwischen allen Stühlen sitzend gefühlt haben.

Doch gerade dieser verunsicherte Junge ist es, den Gott aus all den jungen Männern, die zu dieser Zeit aufwuchsen, auswählte, um meine wichtigste Kraftquelle während meines Wirkens und überdies selbst ein großer Evangelist und Gemeindeleiter zu werden. Wenn ich mich richtig erinnere, war er erst in den Dreißigern, als er die Leitung der problembeladenen Gemeinde in Ephesus unter seine sanften Fittiche nahm. Dass er so weit kam, setzte voraus, dass Timotheus den Mut gewonnen hatte, für das einzustehen, was er glaubte, unabhängig sowohl von seiner Mutter als auch von seinem Vater. Ich besuchte Lystra, als er noch im Teenageralter war, wie Sie es nennen würden. Sowohl seine Mutter als auch seine Großmutter hatten sich zu Christus bekehrt und bei ihnen war dieser Junge, der sich vor den vielen Zeugen bei seiner Taufe entschlossen zu Jesus bekannte.

Ich muss zugeben, dass ich mich an diese erste Begegnung nur undeutlich erinnere – die Ereignisse spitzten sich ziemlich dramatisch zu, nachdem ich mich kurze Zeit dort aufgehalten hatte –, aber meine Rückkehr etwa ein Jahr später werde ich nie vergessen. Wie Sie vermutlich bereits wissen, verbrachte ich einen großen Teil meiner Tätigkeit damit, mit einer geistlichen Gießkanne von einem neu gepflanzten Gemeindesetzling zum nächsten zu eilen, verzweifelt bemüht, sie am Leben zu erhalten und zu verhindern, dass irgendwelches Dornengestrüpp ihr zartes Leben erstickte. Nun, meine zweite Begegnung mit Timotheus war einer jener wunderbaren Anlässe, bei denen ich merkte, dass während meiner Abwesenheit der Chefgärtner am Werk gewesen war. Er war noch keine zwanzig Jahre alt, doch wohin ich mich auch wandte, redeten die Leute über den Jungen, selbst in Ikonium, das ungefähr fünfunddreißig Meilen entfernt lag. Und das, obwohl er schon damals in seinen Predigten den Leuten kein leichtes Leben versprach. Schließlich hatte er, als er mich das erste Mal traf, mit eigenen Augen gesehen, welche Nachteile es bringen konnte, Christus als seinen Erlöser anzunehmen. Lois und Eunike mögen kein Problem damit gehabt haben, meine Botschaft mit ihren jüdischen Schriften in Einklang zu bringen, aber das galt nicht für viele Juden in der Gegend. Ein Trupp von weither aus Antiochia in Pisidien und Ikonium verfolgte mich sogar bis nach Lystra und schaffte es, mich nicht nur aus der Stadt werfen, sondern auch beinahe zu Tode steinigen zu lassen. Oh ja, man ließ mich liegen und hielt mich für tot. Timotheus machte sich keine Illusionen über den Preis, den er vermutlich für die Nachfolge Christi würde zahlen müssen, aber er lernte auch von Anfang an die Kraft des Heiligen Geistes kennen. Wie sonst hätte ich wieder auf die Beine kommen und sofort zurück nach Lystra gehen können, um die nächste Runde einzuläuten!

Der Preis, den Timotheus persönlich entrichten musste, wurde schon früh in seiner Laufbahn deutlich. Auch er wollte sowohl den Juden als auch den Heiden predigen und wer, könnte man denken, wenn man seinen Hintergrund betrachtet, hätte dafür besser geeignet sein können? Aber dazu musste er sofort ein Opfer bringen, denn ich verlangte, dass er sich beschneiden ließ, bevor er mit mir auf die Reise ging.

Das muss für Timotheus ein ebenso bitterer und verwirrender Schlag gewesen sein wie für Laura, als Tony plötzlich so aus der Rolle fiel. Wie streng und unnachgiebig muss ich ihm erschienen sein. Der Handschuh hatte Ähnlichkeit mit dem, den Jesus dem reichen Jüngling hinwarf, aber er war womöglich noch weitaus schmerzlicher! Warum? Warum tat ich das? Warum ging ich das Risiko ein, einen möglichen Verbündeten zu verlieren? Schließlich hatte ich gerade erst in meiner Heimatgemeinde in Antiochia eine große Debatte hinter mich gebracht, ob Neubekehrte sich beschneiden lassen müssten oder nicht. Wir hatten unsere Argumentation darauf aufgebaut, wie Gott seinen Geist auf die heidnischen Neubekehrten ausgegossen hatte, *ohne* dass sie zuvor nominell zu Juden geworden waren, indem sie das Opfer der Beschneidung auf sich nahmen. Und wir hatten einen strahlenden Sieg errungen. Warum also verlangte ich so viel von diesem jungen Mann, der in seinem kurzen Leben bereits so viele Schwierigkeiten zu tragen gehabt hatte? Sein Vater war übrigens inzwischen gestorben. Der Grund war, dass ich wusste und dass Gott wusste, dass Timotheus aus tiefstem Herzen sowohl Juden als auch Heiden mit dem Evangelium erreichen wollte und dass die Juden, die wussten, dass sein Vater ein Grieche gewesen war, ihm sonst niemals zugehört hätten.

Eines Tages wird Laura tapfer sein müssen. Eines Tages wird ihr Glaube auf die Probe gestellt werden und sie wird sich wie Timotheus entscheiden müssen, ob sie es riskieren kann, etwas zu tun, das ihrem Vater missfällt, und auch, ob sie mit dem unvermeidlichen Spott ihrer Schulfreunde fertig werden kann. Beten Sie nicht, dass der Kelch des Leides an ihr vorbeigehen möge. Beten Sie, dass Sie, Ihre Mutter und Laura den Mut haben werden, den Sie brauchen, wenn der Zeitpunkt kommt. Und beten Sie ernstlich für den kleinen Davy. Beten Sie, dass er vor dem Bösen bewahrt wird. Erliegen Sie nicht der Versuchung, ihn mit allen möglichen Freizeitaktivitäten in die Gemeinde zu locken. Legen Sie nicht Ihre Gefühle, als christliche Mutter versagt zu haben, an seiner Türschwelle ab. Denken Sie an Timotheus. Beten Sie, dass eines Tages jemand in sein Leben kommt wie ich in das von Timotheus, um den Reisig in Brand zu setzen, den Sie so sorgfältig in sein Herz gelegt haben.

Ich weiß, wie schwer es ist, von der Seitenlinie aus zuzusehen und sich machtlos zu fühlen. Ich weiß, wie gern wir denen, die wir lieben, das Leben leichter machen möchten. Aber ich möchte Ihnen noch ein Letztes sagen. Es waren Timotheus' Sensibilität und sein Bewusstsein seiner unverheilten Wunden, die von seinem himmlischen Vater dazu gebraucht wurden, ihn zu einer so großen Stütze für mich und zu einem so hellen Licht für viele Heiden und Juden zu machen.

Wir sind Menschen. Wir alle möchten gerne denen, die wir lieben, die Stachel aus dem Fleisch ziehen. Aber auch ich musste lernen, dass gerade durch unsere offenen Wunden der Heilige Geist sein Heil ausgießen kann. Genauso war es auch für unseren Erlöser. Durch seine Wunden sind wir geheilt. Versuchen Sie also, das zu tun, wozu ich auch meinen lieben „Sohn" Timotheus ermahnte. Und ermutigen Sie Laura, es ebenso zu machen: „Leide mit als ein guter Streiter Jesu Christi." Denken Sie daran, dass vielleicht gerade die Ketten, mit denen Sie gefesselt sind, die gute Nachricht freisetzen für die, die Sie lieben.

Richten Sie Ihrer Mutter meine herzlichsten Grüße aus. Sagen Sie ihr, dass ich Gott für die Treue danke, mit der sie Sie als Kind Gottes großgezogen hat. Sagen Sie ihr, sie möge den Heiligen Geist um die eine oder andere kleine Hilfestellung im Bereich Fantasie und Unterscheidungsvermögen bitten.

Möge die Gnade und die Liebe unseres Herrn Jesus Christus immer bei Ihnen sein.

Paulus

Sehr geehrter Herr Paulus,

mit großem Vergnügen nutze ich diese Gelegenheit, Ihnen zu sagen, was ich von Ihnen halte. Zunächst einmal finde ich als Frau, dass Ihre Arroganz und Kälte zwei der schlimmsten männlichen Züge sind. Sie scheinen sich selbst für besser als alle anderen Sterblichen zu halten und sogar zu denken, Sie stünden über dem Gesetz. Wie kann ein Mensch nur die Vermessenheit besitzen zu sagen: „Mir ist es nicht so wichtig, wie ihr oder andere in diesem Punkt über mich urteilen. Hier ist sogar mein eigenes Urteil unwichtig. Zwar bin ich mir keiner Schuld bewusst …"

Und tun Sie jetzt nicht so, als hätten Sie das nie gesagt; Sie haben es gesagt, und zwar am Anfang eines Ihrer schrecklichen Briefe an die armen normalen Menschen, die sich in Korinth durch ihr unterdrücktes Leben kämpften. Wie ausgerechnet Sie behaupten können, Sie wären sich keiner Schuld bewusst, nachdem Sie wer weiß wie viele unschuldige Christen ermordet haben, ist mir schleierhaft. Diese unsägliche Arroganz durchtränkt auch alles andere, worüber Sie schwadroniert haben. Ist Ihnen eigentlich klar, dass wegen Ihrer frauenfeindlichen Ansichten Frauen Jahrhunderte lang unterdrückt wurden? Wegen Ihrer völligen Gleichgültigkeit gegenüber der schreienden Ungerechtigkeit in der Gesellschaft, in der Sie lebten, galt die Sklaverei als salonfähig, bis ein barmherzigerer Mann als Sie, William Wilberforce, sich im 19. Jahrhundert endlich die Mühe machte, etwas dagegen zu unternehmen. Als Historikerin schäme ich mich persönlich dafür, wie Missionare, Ihrem großartigen Beispiel folgend, die nationale Identität jedes unterentwickelnden Landes, auf das sie ihre gierigen kleinen Finger legen konnten, mit Füßen getreten haben.

Ach ja, ich könnte noch erwähnen, dass ich Geschichtslehrerin in einer Gesamtschule in Brixham bin. Aber das wird Sie wohl kaum beeindrucken, denn Sie sagen ja, Sie wollen die Weisheit der Weisen zunichte machen und den Verstand der Verständigen verwerfen. Außerdem gehören die meisten Kinder, die ich unterrichte, einer so niedrigen sozialen Schicht an, dass Sie mir zweifellos sagen werden, es sei falsch, sie zu ermutigen, sich aus ihrem kulturellen Ghetto freizukämpfen.

Ist Ihnen eigentlich klar, wie schwer es den jungen Leuten in meinen Klassen fällt, die Barrieren des Geschlechts, der Rasse und der Klasse zu überwinden, die ihnen diese so genannte christliche Gesellschaft auferlegt? Fühlen Sie sich wenigstens ein bisschen verantwortlich dafür, die Grundregeln dieses unterdrückerischen religiösen Regimes festgelegt zu haben, das die westliche Welt seit beinahe 2000 Jahren beherrscht? Nun?

Werden Sie sich meinem Gericht stellen? Werden Sie sich gegen die gerechtfertigten Anschuldigungen verteidigen, die ich Ihnen im Namen der Kinder entgegenschleudere, die ich auszubilden und von den Ketten zu befreien versuche, die Sie und Ihre Nachfolger ihnen angelegt haben? Selbstgefällig „ich bin mir keiner Schuld bewusst" zu sagen, reicht vor einem Gerichtshof des 21. Jahrhunderts nicht aus. Sie müssen jetzt auf die Vorwürfe antworten, die gegen Sie erhoben werden.

Allerdings rechne ich kaum damit, dass Sie mir antworten werden, da ich annehme, dass Sie es für weit unter Ihrer Würde halten, sich zu einer Erwiderung herabzulassen, aber wenigstens bin *ich* mir nun keiner Schuld mehr bewusst!

Mit abgrundtiefer Verachtung
Eine Angewiderte aus Brixham

Sehr geehrte Briefschreiberin,

ich gebe zu, ich bin erschrocken über die Heftigkeit des Zorns, den Sie nicht nur gegen meine Person richten, sondern offenbar gegen alles, was ich geschrieben, was ich getan und wofür ich gestanden habe. Ich finde Ihren Tonfall verletzend und aggressiv. Sie fordern mich auf, meinen Platz auf der Anklagebank einzunehmen und mich zu verteidigen. Zu Recht vermuten Sie, dass ich das ablehnen werde, aber was die Motive für diese Entscheidung angeht, die Sie mir unterschieben, erliegen Sie einer Fehleinschätzung.

Nach meiner Kenntnis haben in Ihrem „so genannten christlichen Land" Leute, denen eine kriminelle Aktivität vorgeworfen wird, das Recht auf einen fairen Prozess und gelten bis zum Beweis ihrer Schuld als unschuldig. Und ist es nicht auch so, dass über die Schuld des Angeklagten von einer zufällig ausgewählten Jury aus zwölf Bürgern befunden wird, die zuvor versichern müssen, keinerlei Eigeninteresse an dem Fall zu haben? Jede Befangenheit wird ausgeschlossen, indem die Geschworenen aufgefordert werden, in einem solchen Fall zurückzutreten. Das Urteil der Geschworenen ist es, das über die Zukunft des Angeklagten entscheidet. Sie dagegen fordern mich auf, vor ein Scheingericht zu treten, bei dem Richter und Geschworene schon von vornherein beschlossen haben, dass ich schuldig bin. Unter solchen Umständen bin ich nicht bereit, mich zu verteidigen. Als römischer Bürger während meiner Lebenszeit lege ich großen Wert auf meine Rechte. Als ich zu meinen Lebzeiten fälschlich beschuldigt wurde, stellte ich mich einem fairen Prozess und verlangte, meinen Fall vor dem Äquivalent eines Obersten Gerichtes zu verhandeln, was in meinem Fall eine Reise nach Rom mit sich brachte.

Mein zweiter Grund, mich einem Dialog mit Ihnen zu verweigern, ist, dass ich zutiefst entsetzt bin über die oberflächlichen Vermutungen, die Sie über meinen Beitrag oder mangelnden Beitrag zu der gesellschaftlichen Situation der Zeit, in der ich lebte, angestellt haben. Sie bezeichnen sich als Historikerin. Setzt das nicht normalerweise eine gründliche Recherche, ein Sichten der historischen Zeugnisse und eine logische Argumentation aufgrund der Zeitdokumente voraus?

Der dritte Grund, warum ich nicht erpicht darauf bin, mich „Ihrem Gericht zu stellen“, ist, dass Ihr Brief nach meinem Empfinden sehr nach den Eigenschaften roch, die Sie mir vorwerfen, nämlich Arroganz und Kälte.

Wenn Sie wirklich mit mir debattieren wollen, bin ich nur zu gern bereit dazu, wie ich es in jeder Stadt getan habe, in der ich tätig war. Ich fürchte, Miss Angewidert, Sie sind am Zug. Ich sehe Ihrer Antwort mit Interesse entgegen.

Mit skeptischen Grüßen
Ein scheinbar Arroganter aus Tarsus

Sehr geehrter Herr Paulus,

nachdem ich meinen ursprünglichen Brief, den ich zum Glück noch auf dem Computer hatte, noch einmal durchgelesen habe, bin ich in einiger Verlegenheit. Ihr Vorwurf, dass ich zornig war und mich wohl ziemlich aggressiv geäußert habe, ist vielleicht durchaus berechtigt. Dem möchte ich entgegenhalten, dass auch mein Zorn gerechtfertigt ist, weil ich sehr stark für die jungen Leute empfinde, mit denen ich arbeite, und manchmal den Eindruck habe, dass ich die Einzige bin, der es nicht egal ist, was aus ihnen wird.

Das bedeutet nicht, dass ich irgendeine der Anschuldigungen, die ich gegen Sie vorgebracht habe, zurücknehme. Ich glaube immer noch, dass Sie sich zu verantworten haben. Allerdings muss ich gestehen, dass mich Ihre Andeutung, meine historische Perspektive sei getrübt, sehr beunruhigt hat. Ich war immer stolz auf meine analytische Denkweise und ich sehe ein, dass ich sie hier vielleicht nicht so streng angewandt habe, wie ich es hätte tun sollen. Ich werde versuchen, meinen Irrtum zu korrigieren und offener zu reagieren, wenn Sie bereit sind, Ihre Methoden wahrheitsgemäß offen zu legen und die Verantwortung für Ihr Tun zu übernehmen. Ich kann nicht dafür garantieren, dass ich dann nicht mehr zornig auf Sie bin, aber ich werde Ihnen zuhören.

Mit freundlichen Grüßen
Eine etwas weniger Angewiderte aus Brixham!

Sehr geehrte junge Dame,

ich bin froh zu hören, dass Sie bereit sind, zur Kenntnis zu nehmen, was ich zu sagen habe. Gewiss rechne ich nicht damit, dass Sie es akzeptieren werden, nur weil ich es sage, und deshalb bitte ich Sie, es durch Ihre eigene Recherche zu überprüfen.

Bevor ich beginne, möchte ich Ihnen noch sagen, wie froh ich darüber bin, dass Sie sich entschlossen haben, unter den Benachteiligten in Ihrer Gesellschaft zu arbeiten und sich dafür zu engagieren, ihre Chancen zu verbessern. Im Gegensatz zu Ihren Vermutungen habe auch ich mich direkt dafür engagiert, die Lage für die weniger Privilegierten unter den Bevölkerungen, denen ich begegnete, zu verbessern. Der zweite Punkt, den ich Ihnen vorhalten möchte, ist, dass ich dies nicht aus einer Haltung der Überlegenheit heraus tat, sondern weil ich mich selbst als den Niedrigsten der Niedrigen einschätzte und zutiefst dankbar dafür war, dazu auserwählt zu sein, meinem Herrn als sein Botschafter zu dienen. Das Dritte ist, dass ich ebenso sehr wie Sie die erschütternden Auswirkungen mancher Versuche westlicher Missionare verabscheue, ursprünglichen Gesellschaften unter dem Deckmantel des Christentums ihre eigenen kulturellen Normen aufzudrücken. Das ist nicht das, was Christus beabsichtigt hat, und es ist auch nicht das, was ich selbst praktiziert habe. Wenn Sie möchten, dass ich mich zu einem oder allen diesen Punkten ausführlicher äußere, lassen Sie es mich wissen.

Mit freundlichen Grüßen
Paulus

Sehr geehrter Herr Paulus,

während ich versuche, meine Contenance zu bewahren und meinen Lachreiz zu unterdrücken, würden Sie mir vielleicht als Erstes sagen, wie Sie das, was Sie über die Ehe gesagt haben, mit dem in Einklang bringen, was ich über meine Bemühungen gesagt habe, den Status meiner benachteiligten jungen Mädchen zu verbessern? Sie haben ja ziemlich deutlich zum Ausdruck gebracht, wie Sie sich die Rolle der Frauen in der Ehe vorstellen. „Wie nun die Gemeinde sich Christus unterordnet, so sollen sich auch die Frauen ihren Männern unterordnen in allen Dingen." Und dann: „Der Mann ist das Haupt der Frau." Ich weiß, Sie waren nicht der Einzige. Petrus hat dasselbe gesagt, doch im Grunde stützt das nur mein Argument, dass die Regeln, die von der frühen christlichen Kirche aufgestellt wurden, verantwortlich waren für die Ungleichheit, die bis in mein Jahrhundert hinein Männer gegenüber den Frauen begünstigt hat. Frauen waren das Eigentum ihrer Männer, was bis vor kurzer Zeit noch durch die Mitgift symbolisiert wurde, die der Vater der Braut dem Bräutigam gab, und bis in die Gegenwart dadurch, dass der Vater der Braut die Hochzeitsfeier bezahlt, und durch den Ring, den die Frau in der Trauzeremonie angesteckt bekommt. Frauen hatten keine Rechte, keine finanzielle Unabhängigkeit und keine Möglichkeit, sich scheiden zu lassen. Können Sie dazu irgendwelche mildernden Umstände vorbringen? Ich bin wirklich neugierig auf Ihre Antwort.

Mit freundlichen Grüßen
Thea Downing

Liebe Thea,

endlich hebt sich diese Debatte von puren persönlichen Beleidigungen auf ein etwas höheres Niveau.

Darf ich zunächst einmal die Vermutung äußern, dass Sie, da Sie nichts davon erwähnen, keine Kenntnis über die Stellung haben, die Frauen im ersten Jahrhundert einnahmen. Sie scheinen andeuten zu wollen, dass wir den Frauen eine repressivere Rolle zugewiesen hätten als die, an die sie bislang gewöhnt waren, oder zumindest, dass wir die Fortsetzung bereits vorhandener Missstände unterstützt oder gefördert hätten. Dem möchte ich entgegenhalten, dass wir im Gegenteil einige radikale Verbesserungen der Stellung verheirateter Frauen erwirkt haben. Allerdings taten wir dies durch die Männer. Wir hofften inständig darauf, im Licht der herrlichen neuen Wahrheit, dass unter Christus in den Augen Gottes alle Menschen gleichwertig waren, die Männer davon überzeugen zu können, wie unerhört wichtig Frauen und Kinder ihrem himmlischen Vater waren. Das war keine leichte Aufgabe.

Wussten Sie, dass die jüdischen Männer jeden Morgen ihrem Gott dafür dankten, dass er sie nicht als „Heide, Sklave oder Frau" erschaffen hatte? Wussten Sie, dass nach dem jüdischen Gesetz eine Frau lediglich als Besitztum ihres Mannes galt, mit dem er tun konnte, was immer er wollte, sogar es wegwerfen, wenn er das wünschte? Als ich geboren wurde, war es inzwischen geradezu lächerlich einfach geworden, sich scheiden zu lassen. Die Klausel im Gesetz des Mose, die so sehr dem Missbrauch geöffnet worden war, war diejenige, die besagte, dass, wenn eine Frau „nicht Gnade findet vor seinen Augen, weil er etwas Schändliches an ihr gefunden hat", der Mann „einen Scheidebrief schreibt und ihr in die Hand gibt und sie aus seinem Hause entlässt". Dieses „nicht Gnade finden" war von einigen Rabbis so interpretiert worden, dass der Mann, wenn ihm eine andere Frau besser gefiel als seine eigene, sich von ihr scheiden lassen konnte. Die Bedeutung von „etwas Schändliches", worunter ursprünglich Ehebruch verstanden wurde, war ebenso sehr verwässert worden, sodass es jetzt schon ausreichte, wenn sie ohne Kopftuch die Straße entlang ging oder sich mit ihrer Schwiegermutter in die Haare kriegte. Nicht gerade ein sehr überzeugender Grund, um mit einem Scheidebrief, in Gegenwart von zwei Zeugen vom Rabbi des Ehemannes unterschrieben, auf die Straße gesetzt zu werden.

Frauen dagegen hatten überhaupt keine Rechte, es sei denn, ihr Mann ergriff einen ganz und gar abscheulichen Beruf oder steckte sich mit Lepra an. „Oh ja", höre ich die Anklage sagen, „aber das waren ja die Juden. Sie haben an Europäer geschrieben und Ihre Vorschriften einer Gesellschaft aufgedrückt, die für ihre religiöse Toleranz und ihren kulturellen Feinsinn bekannt war." Nun, lassen Sie mich den Geschworenen ein paar weitere Fakten zur Kenntnis bringen. Wussten Sie, dass in Griechenland eine persönliche Prostituierte als unabdingbare kleine Annehmlichkeit galt, auf die zu verzichten man keinem griechischen Ehemann zumuten konnte? Seine Frau war zu dem Zweck da, rechtmäßige Kinder zur Welt zu bringen und den Haushalt zu führen. Praktisch eine Gefangene in ihrer eigenen Wohnung, die nur ihr Mann betreten durfte, erschien sie niemals auch nur bei Mahlzeiten oder bei irgendwelchen öffentlichen oder gesellschaftlichen Anlässen. Wie Xenophon schreibt, legten griechische Ehemänner Wert darauf, dass ihre Frau „so wenig wie möglich sehen, so wenig wie möglich hören und so wenig wie möglich fragen" sollte. Im Übrigen brauchte der Mann nicht einmal die Unterschrift eines Rabbis, um sich aus jedem beliebigen Grund von seiner Frau zu scheiden.

Mitten hinein in diese vollkommen von Männern beherrschte Kultur, in der eheliche Treue ein Witz war, ließ ich meine Bombe der Erwartungen fallen, die in einer christlichen Ehe an die Männer gestellt wurden. Oh ja, es stimmt, dass ich immer noch die Frauen aufforderte, sich ihren Männern unterzuordnen, aber der eigentliche Knackpunkt waren die Forderungen, die ich an die europäischen Männer stellte. Sie zitieren korrekt meine Bemerkungen über Frauen. Leider missdeuten Sie sie vollkommen, und schlimmer noch, Sie ignorieren völlig, was ich zu den Männern sagte. Bitte lesen Sie noch einmal meinen Brief an die Gemeinden in Kleinasien.

Bevor ich auf meine Bemerkungen an die Adresse verheirateter Frauen zu sprechen komme – ist es nicht so, dass ich beide Partner auffordere, sich einander unterzuordnen? Ich fordere die Männer auf (und bedenken Sie, ich spreche hier zu europäischen Männern, denen die körperliche Schönheit des Mannes sehr viel galt), ihre Frauen so zu lieben wie ihren eigenen Leib. Von Männern zu verlangen, ihre Frauen zutiefst zu lieben, das war wirklich radikal. Worauf ich abzielte, war eine Situation in der Ehe, wo das Dienen aus der Domäne der verheirateten Frau, wo kaum Ehre damit verbunden war, herausgenommen und zu einem Ideal gemacht wurde, nach dem sowohl der Mann als auch die Frau streben sollten. Mit anderen Worten, Sie könnten so weit gehen zu sagen, dass das, was ich anstrebte, der Prototyp des „neuen Mannes" war, für den Sie und Ihre Frauenbewegungen so hart gekämpft haben. Ende der Beweisführung!

Mit freundlichen Grüßen
Paulus

Sehr geehrter Herr Paulus,

wieso habe ich das Gefühl, dass Sie sich da herausgemogelt haben? Jetzt verstehe ich allmählich, wie Sie es geschafft haben, so lange zu überleben! Ich behaupte, Paulus, was immer Sie jetzt sagen, dass Sie persönlich Frauen nicht leiden konnten – dass meine Einschätzung, Sie seien ein Frauenhasser, durch andere Äußerungen von Ihnen, die sich nicht auf die Ehe bezogen, gerechtfertigt ist.

Mit freundlichen Grüßen
Thea

Thea,

ich glaube, an dieser Stelle würde mein Verteidiger aufspringen und rufen: „Einspruch, Euer Ehren!“, und der Richter würde ihn über den Rand seiner Lesebrille auf der Nasenspitze hinweg, die Teil seiner Uniform zu sein scheint, anblinzeln und sagen: „Einspruch stattgegeben.“

Wir haben uns geeinigt, diesen Prozess auf andere Dinge als persönliche Meinungen zu gründen. Wenn Sie wissen möchten, warum ich an die Würde des Dienens glaubte, werde ich fortfahren. Aber wenn dieser Austausch jetzt auf ein Niveau herabsinken soll, auf dem wir uns über meine Lieblingsfarbe unterhalten, bitte ich um die Erlaubnis, mich zurückzuziehen.

Paulus

Lieber Paulus,

bitte, fahren Sie fort. Aber glauben Sie nicht, Sie könnten mich dazu drangsalieren, dass ich Ihnen glaube.

Thea

Meine liebe Thea,

das Letzte, was ich will, ist, Sie zu drangsalieren. Verstehen Sie nicht, dass das genau der Kernpunkt ist, den ich zu meiner Zeit deutlich machen wollte? Ich drängte die Leute, sich von den Wegen der Welt zu lösen, von den Ambitionen und der Gier, die uns dazu bringen, aufeinander herumzutrampeln. Ich rief die Leute auf, sanft und bescheiden zu sein, geduldig und tolerant, ein opferbereites Leben zu führen. Uns allen werden verschiedene Aufgaben zugeteilt, die wir für Christus zu bewältigen haben. Doch all diese Aufgaben haben eines gemeinsam: Sie sollen dem Leib Christi dienen und ihn durch dieses gegenseitige Dienen aufbauen. Die andere Gemeinsamkeit ist, dass jede Aufgabe in Gottes Augen gleichwertig ist. Den gleichrangigen Wert der Rollen von Ehemännern und Ehefrauen habe ich bereits erwähnt. Dies galt meiner Auffassung nach auch für Sklaven und ihre Herren. Europäische Männer waren es gewohnt, nicht nur ihre Frauen zu drangsalieren, sondern auch ihre Sklaven. Doch daran fanden sie überhaupt nichts Falsches, denn Sklaven galten nicht als menschliche Wesen, sondern als Werkzeuge – Instrumente für die Arbeit. Darum konnte man sie auch einfach wegwerfen, wenn sie alt und rostig waren. Das römische Gesetz sah sogar vor, dass „der Herr die Macht über Leben und Tod eines Sklaven besitzt“. Diese grausam behandelten Menschen waren es, zu denen ich sprach – und davon gab es Tausende in der frühen Gemeinde Jesu.

Sie sagen, ich hätte die Abschaffung dieser Ungerechtigkeit herbeiführen sollen. Mein Gegeneinwand ist, dass ich den Sklaven eine größere Freiheit gab, als sie sie durch Änderungen des Gesetzes gewonnen hätten. Ich ließ sie die erstaunliche Wahrheit wissen, dass sie ebenso Erben des Reiches Gottes waren wie ihre Herren – dass sie vor Gott genauso viel wert waren und dass Jesus für sie gestorben war.

Ich rief sie auf zu erkennen, welche Freiheit und welchen Wert sie in den Augen ihres Vaters hatten, und sich der Herausforderung zu stellen, da, wo sie waren, ein christliches Leben des ehrenvollen Dienens zu leben. Selbst wenn sie nicht beobachtet wurden, sollten sie ihre Aufgaben mit Sorgfalt verrichten, denn Gott, ihr Herr, und ich maßen ihnen die gleiche Verantwortung zu wie ihren Herren, den Namen Gottes und unsere Lehre nicht in Verruf zu bringen.

Soziale Reformen mögen den Lebensstandard für die Menschen am unteren Ende unseres Klassensystems stark verbessern, doch nur ein echter Glaube an den eigenen persönlichen Wert wird die Gleichheit bringen. Und diesen Glauben brachte ich, im Namen eines Herrn, der stets auf das Wohl der geringsten seiner Schützlinge bedacht war.

Darüber hinaus erinnerte ich auch die christlichen Halter von Sklaven daran, dass sie und ihre Sklaven beide demselben Herrn im Himmel gehörten. Ich finde es durchaus wahrscheinlich, dass dies für die Sklaven bessere Arbeitsbedingungen mit sich brachte, meinen Sie nicht?

Herzliche Grüße
Paulus

Lieber Paulus,

das ist ja alles schön und gut, aber die Tatsache bleibt bestehen, dass Sklaven noch Jahrhunderte lang unterdrückt wurden, dass Frauen in der Ehe misshandelt wurden und dass in manchen Teilen der Welt diese schrecklichen Dinge immer noch geschehen. Ich habe in meiner Schule junge islamische Frauen, die so ganz und gar Besitz ihrer Männer sind, dass sie nicht einmal draußen auf der Straße ihre Gesichter zeigen dürfen; junge westindische Frauen, die gegen eine rassistische Intoleranz zu kämpfen hatten, die fast so grausam war wie die Einstellungen, die Sie den Sklavenhaltern zuschreiben; und junge britische Frauen, die so wenig Selbstachtung haben, dass sie ihre Körper von Männern benutzen lassen. Nichts hat sich verändert, Paulus, gar nichts. Warum nicht? Warum hat das Christentum keine durchgreifende Veränderung gebracht? Warum gibt es immer noch Barrieren, die verhindern, dass all unsere jungen Leute dieselben Chancen im Leben haben?

Thea

Liebe Thea,

ich fürchte, Sie haben Recht. Das Böse hat es immer gegeben und wird es immer geben, bis unser Herr beschließt zurückzukehren. In den ersten Jahren meines Dienstes dachte ich, er würde schon sehr bald zurückkommen.

Das ist der Grund, der mich zu manchen meiner weniger toleranten Aufschreie gegen Dinge veranlasste, die meiner Meinung nach lediglich von der Aufgabe ablenkten, so viele Menschen wie möglich zu ihm zu führen, bevor er zum Gericht zurückkehrte. Ich habe mich geirrt. Heute ist das Einzige, was ich genau weiß, dass ich nicht weiß, wann er zurückkommt!

Bis dahin bestehen die Barrieren der Rasse, der Religion und der Klasse fort. Leider hat das natürliche Verlangen danach, andere zu beherrschen, schon immer zu Abgrenzungen und Kastensystemen geführt. Recht haben Sie auch insofern, als in der Vergangenheit Missionare oft versucht haben, den Ländern, in denen sie evangelisierten, ihren eigenen nationalen oder begrenzten Stil des Christentums aufzudrücken.

Eine noch tödlichere Form der Kontrolle entwickelte sich aus der Falschinterpretation der Bibel durch die holländische Reformierte Kirche, als sie sich in Südafrika niederließ. Ich kann nur sagen, dass es nie Gottes Ziel war, Barrieren zu errichten, und dass ich einen Großteil meiner Zeit mit dem Versuch verbracht habe, solche Barrieren niederzureißen, die bereits aufgerichtet waren.

Bevor wir den Faden weiterverfolgen, den wir gerade aufgenommen haben, den der sozialen Reformen, lassen Sie mich deutlich sagen, dass die gefährlichsten Barrieren im Kopf existieren, und diese waren es, mit denen ich mich auseinander setzte. Israel war schon immer abgesondert gewesen. „Heilig“ bedeutet im Grunde „anders“ und das Volk Israel glaubte, es sei auf ganz grundlegende Weise von allen anderen Gesellschaften abgesondert. Sein König war Gott. Er gehörte ausschließlich zu ihnen. Sie allein hatten Zugang zum Innenhof des Tempels. So war es, bis Jesus kam.

Wussten Sie, dass es im Tempel in Jerusalem eine Reihe von Höfen gab, von denen nur der erste für Heiden zugänglich war? Zwischen ihm und denen, die den Juden vorbehalten waren, stand eine Abtrennung aus Marmor mit Inschriften, die besagten, dass es Ausländern bei Todesstrafe verboten war, weiter hineinzugehen. Und glauben Sie mir, die Juden meiner Zeit nahmen ihre Vorschriften ernst – so ernst, dass ich selbst, als ich – fälschlich, übrigens – angeklagt wurde, meinen heidnischen Freund Trophimus in den Tempel geschmuggelt zu haben, mir letzten Endes eine lebenslange Haft und schließlich die Todesstrafe einhandelte!

Jesus Christus durchbrach durch seinen Tod diese Barriere

ebenso wirkungsvoll wie der berühmte Fall der Mauer in Berlin. Heiden und Juden wurden für gleichwertig erklärt: Er gehörte ihnen allen und sie ihm. Die gute Nachricht, die ich zu verkündigen hatte, wo immer ich nur konnte, war die Tatsache, dass Christus für alle da war. Männer und Frauen, Sklaven und Freie, Juden und Heiden, sie waren alle eins. Es gab keine Hierarchie mehr, was den Zugang zu Gott betraf. Jesus selbst hatte das unmissverständlich klargestellt: „Alles, was ihr tun müsst", sagte er, „ist, in euer Zimmer zu gehen, die Tür zuzumachen und mit eurem Vater zu reden." Das war eine radikale Botschaft und bei vielen war sie sehr unbeliebt. Die Menschen lieben Barrieren, Thea. Mit Zäunen fühlen sie sich sicher und geborgen.

Bedenken Sie, die allerersten Christen waren Juden – Petrus, Matthäus, Johannes und Jakobus ... ebenso wie ich selbst. Wir alle waren Juden, die zu der Überzeugung kamen, dass Jesus unser Herr und Erlöser war, aber dennoch beschnittene Juden. Eine Vision war notwendig, um Petrus davon zu überzeugen, dass Gottes Liebe zu allen Nationen weitergetragen werden sollte. Aber wir waren an Hierarchien gewöhnt! Es brauchte mehr als die Vision eines Apostels, um viele Neubekehrte aus dem Judentum davon zu überzeugen, dass Ausländer nicht erst durch die Beschneidung Juden werden mussten, bevor sie die Vergebung empfangen konnten.

Ich hatte nicht immer Erfolg, aber ich versuchte, den Gedanken weiterzugeben, dass Christus sowohl Juden als auch Heiden zu einer völlig neuen Art von Menschen machte, zu Judenchristen und Heidenchristen. Deshalb mussten all die alten Regeln nicht mehr gelten. Heutzutage glaube ich, dass zum Glück viele Ihrer Missionare endlich begriffen haben, was ich zu sagen versuchte – dass es christliche Afrikaner und Inder geben kann, die ihre kulturellen Unterschiede behalten und doch zusammen mit ihren Brüdern und Schwestern aus unterschiedlichen Klassen und Rassen zur Familie Gottes gehören. Jesus ist unser Friede. Ich liebe ihn und wenn Sie ihn kennen lernen würden, würden auch Sie ihn lieben, und er liebt uns beide. Wir haben also diese erstaunliche Gemeinsamkeit. Wir können, wenn Sie wollen, gemeinsam in seiner Gegenwart stehen, weil er uns beiden, so verschieden wir von Kultur, Geschlecht und Denkweise auch sind, diese Möglichkeit gegeben hat. Wenn wir ihm die Möglichkeit geben, zwischen uns zu stehen, und einander durch ihn hindurch ansehen, dann werden auf eine wunderbare, mystische Art unsere Unterschiede, wenn sie auch immer noch vorhanden sind, zur Bedeutungslosigkeit verblassen.

Thea, meine Liebe, darf ich Sie noch darauf hinweisen, dass die Tatsache, dass Sie so schnell bei der Hand waren, mich zu verurteilen, darauf hindeutet, dass vielleicht auch Sie das Bedürfnis verspüren, eine Barriere zwischen sich selbst und den Dingen aufzurichten, die Sie bedrohlich finden. Wie immer Ihr Urteil über mich letztlich ausfallen wird, bitte lassen Sie nicht zu, dass Ihre persönliche Meinung zu einer weiteren Barriere wird. Bitte gönnen Sie sich selbst die Freiheit, durch das offene Tor im Zaun zu gehen und Ihrem Herrn zu begegnen.

In der Liebe Christi,
Paulus

♦ *Alison* ♦

Lieber Paulus,

manche der Dinge, die Sie sagen, sind für mich ein bisschen schwer zu verstehen. Sie sind manchmal so streng und ich finde, Sie sind nicht immer sehr nett zu den Leuten. Aber ich möchte Ihnen danken für all die wunderschönen Dinge, die Sie über die Liebe sagen. Die sind so nett! Die „Was-auch-immer"-Sachen habe ich in der Küche an der Wand hängen. Die hat meine Freundin in ihrem Kalligraphie-Kurs für mich gemacht und sie sind mit Vögeln und Blumen dekoriert und sehen wirklich erlesen aus. Ich liebe auch den Spruch über Liebe aus dem Korintherbrief, den ich auf einem Lesezeichen in meiner Bibel stehen habe. Es gibt mir ein richtig geborgenes, glückliches Gefühl, wenn ich diese wunderbaren Sachen lese. Deshalb möchte ich Ihnen danken, dass Sie, obwohl Sie so klug waren und so schwere Dinge von den Leuten verlangt haben, auch Sachen geschrieben haben, die einfach nur nett und leichter waren, wenn Sie wissen, was ich meine. Ich bin ganz Ihrer Meinung, dass man immer nur auf die schönen Dinge sehen sollte, und lasse niemals zu, dass ich in Situationen gerate, die unangenehm werden könnten. Ich finde auch, dass es wichtig ist, nett zu den Leuten zu sein und auch zu den Tieren, obwohl Sie die nicht erwähnen.

Ich habe gerade eine Stickerei angefangen mit Ihrem Spruch „Sei dir selber treu, und daraus folgt, so wie die Nacht dem Tage, du kannst nicht falsch sein gegen irgendwen", denn das finde ich auch wirklich schön. Ich werde wohl lange dazu brauchen, aber es macht mir nichts aus, meine Energie auf etwas Lohnendes zu verwenden, genauso wenig wie Ihnen. Ich habe vor, das „P" von Ihrem Namen so zu verzieren wie früher die Buchstaben in den mittelalterlichen Bibeln, mit goldenem Garn. Zum Glück sind manche Dinge, die Sie gesagt haben, so hübsch, dass wir sie zu Weihnachten als christliches Zeugnis unseren nichtchristlichen Freunden schenken können. Meine Stickerei werde ich meiner Freundin Anna von der Arbeit schenken. Sie ist viel älter als ich und sehr nett, aber sie erzählt manchmal ganz furchtbare Lügen und nimmt immer „Trösterchen" ein, wie sie sie nennt, weil es bei ihr zu Hause ein paar Probleme gibt, wie sie sagt. Natürlich habe ich nicht näher danach gefragt; ich finde, das wäre unhöflich. Ach, übrigens, am allerbesten von den Sachen, die Sie geschrieben haben, gefällt mir *Desiderata.* Wenn Sie noch leben würden, würde ich Sie bitten, mehr solche Sachen zu schreiben, aber da das ja nicht mehr geht, möchte ich einfach Danke sagen und Sie ganz kräftig umarmen.

Herzlichst,
Alison Moor

Liebe Alison,

ich bedaure zutiefst, Ihnen sagen zu müssen, dass ich weder das eine noch das andere von den Dingen geschrieben habe, von denen Sie sagen, dass sie Ihnen am allerbesten gefallen. Ich glaube, Sie müssen sich überlegen, wie Sie stattdessen ein „W" für Ihre Stickerei verzieren können, denn ich glaube, die erste Passage, die Sie zitiert haben, stammt von einem gewissen William Shakespeare!

Eine ernstere Sache ist, dass ich Ihnen auch sagen muss, dass Sie meiner Meinung nach im Blick auf die Grundlagen des christlichen Glaubens sehr irregeführt worden sind. Als ich meinen ersten Gemeinden so dringlich ans Herz legte, ihr Denken zu beschützen, tat ich das vor dem Hintergrund, dass sie mitten in der Welt lebten, von der Sie sich offenbar mit großer Mühe fern zu halten versuchen. Der schwerste Irrtum, dem Sie erliegen, ist, dass Sie das, was ich über den Wert der Liebe zu sagen habe, als etwas „Nettes" und „Leichtes" bezeichnen. Meiner Ansicht nach brauchen Sie Rat und Hilfe, sowohl was das Leben als auch was das Lieben betrifft, und deshalb würde ich Sie gern mit einer Expertin bekannt machen, die in Ihrer Gegend wohnt. Ihr Name ist Jill Cotton und sie wohnt in 27 Meadow Drive. Ich lege Ihnen dringend nahe, so bald wie möglich Kontakt zu ihr aufzunehmen, bevor Sie die christliche Botschaft ernstlich in Verruf bringen.

Tut mir Leid, dass ich mich „streng" anhöre, wie Sie es ausdrücken, aber Sie stehen in Gefahr, in eine schwere Sünde zu fallen. Christus selbst äußerte sich sehr streng über die Gefahr, „einen dieser Kleinen" zum Abfall zu verführen, und ich habe den Eindruck, dass Sie sehr in der Gefahr stehen, Ihrer Freundin Anna die Möglichkeit zu nehmen, Zugang zu der Hilfe ihres himmlischen Vaters und des Heiligen Geistes zu finden. Ich weiß, dass Sie das bestimmt nicht wollen, da Sie offensichtlich selbst sehr „nett" sind, und mit der richtigen Lehrerin werden Sie sicherlich Ihr Potenzial ausschöpfen.

Nur noch eine Sache. Wenn Sie meinem Rat folgen und Jill besuchen, könnten Sie bitte nicht nur diesen Brief mitnehmen, sondern auch eine Packung Schokoladenkekse und eine Dose Jasmin-Frischluftspray? Ich weiß, das ergibt für Sie genauso wenig Sinn wie für Ananias die Vision, die er von Gott empfing, er solle zur Geraden Straße gehen und dem gewalttätigsten Verfolger, den die ersten Christen kannten, die Hände auflegen. Vertrauen Sie mir. Dieser Akt des Gehorsams wird die erste vieler wichtiger Aufgaben sein, die der Herr für Sie vorgesehen hat, wenn Sie erst einmal Ihre Jüngerschaftsschulung begonnen haben.

Herzliche Grüße
Paulus

• Andy •

Sehr geehrter Herr,

tut mir Leid, aber ich weiß nicht, wie ich Sie nennen soll; und ich komme mir überhaupt ziemlich blöd vor bei dem, was ich Sie fragen will, aber ich muss für die Schule einen Aufsatz über Sie schreiben und irgendwie kriege ich da was nicht geregelt. Sind Sie jetzt Grieche oder Jude oder Römer? Irgendjemand hat sogar behauptet, Sie wären Türke! Ich habe mal einen Blick in die Apostelgeschichte geworfen und irgendwie scheinen Sie da dauernd Ihre Meinung zu ändern!

Die Sache ist die, Paulus, dass ich nicht viel Zeit habe – na ja, ich weiß, es ist meine eigene Schuld; ich habe zu viel Kricket gespielt und alles auf die letzte Minute geschoben – aber ich muss bald mein GCSE in Reli machen und mein Aufsatz für den Leistungskurs muss bis zum Ende dieser Woche fertig sein.

Ich nehme an, Sie wissen das nicht, aber Kricket ist ein Spiel mit Schläger und Ball, das bei uns oft gespielt wird, und GCSE ist eine Schulprüfung, die wir hier in England machen, wenn wir sechzehn sind. Ich brauche die Antwort dringend bis heute Abend, wenn es nicht zu viel Umstände macht. Was ich bisher herausgefunden habe, ist, dass Sie auf Griechisch geschrieben haben, dass Sie ein Jude waren und dass Sie sich irgendwann einmal aus der Klemme befreien konnten, weil Sie Römer waren. Meine Mutter und mein Vater denken, ich hätte diese Arbeit längst abgegeben. Würde es Ihnen was ausmachen, mir aus der Klemme zu helfen? Ich habe eine Hotmail-Adresse. Ich darf eine Stunde am Tag surfen – das bedeutet im Internet sein. Ach, verflixt, wissen Sie überhaupt, was das Internet ist? Ich hoffe es, denn wenn Sie mir per E-Mail antworten können, dann brauchen meine Eltern ja gar nichts darüber zu erfahren, oder? Tut mir Leid, dass ich Ihnen zur Last falle.

Bitte helfen Sie mir, wenn Sie können.

Andy

Lieber Andy,

ich werde dir gerne die schlichten Fakten nennen, die du für deinen Aufsatz wissen musst, aber ich erwarte von dir, dass du deinen Eltern sagst, dass ich dir geholfen habe. Wenn ich mich der christlichen Gemeinschaft in Damaskus stellen und bekennen konnte, dass ich vorgehabt hatte, sie alle töten zu lassen, dann glaube ich doch wohl, dass du dich deiner Mutter und deinem Vater stellst und ihnen sagst, dass du mit den Hausaufgaben im Rückstand bist, weil du zu viel Kricket gespielt hast!

Also, wo soll ich anfangen? Dein Freund, der dir gesagt hat, ich wäre Türke, hat sich geirrt, aber ganz daneben lag er auch nicht, denn ich bin in Tarsus aufgewachsen, das in einer Gegend liegt, die heute zur Türkei gehört – nur gehörte es damals zu Griechenland! Es war sogar das Zentrum der griechischen Kultur wie auch die Hauptstadt der römischen Provinz Zilizien und das Tor nach Kleinasien. Eines der Ereignisse, für das es berühmt ist, ist die Begegnung des Antonius mit Kleopatra am Fluss Cydmus, der durch die Stadt fließt.

In Tarsus wurde zwar nicht Kricket gespielt, aber Sport spielte auch dort eine große Rolle und es gab dort eines der größten Sportstadien der Welt. Aber ich war kein Grieche. Meine Familie war durch und durch jüdisch. Du könntest keinen jüdischeren Namen finden als Saulus, den Namen des ersten Königs von Israel, und wir stammten sogar von seinem Stamm ab, dem Stamm Benjamin. Hast du von diesem Stamm gehört? Vermutlich nicht! Jedenfalls wurde ich beschnitten, als ich acht Tage alt war, besuchte eine jüdische Schule und ging jeden Sabbat in die jüdische Synagoge zum Gottesdienst.

Nach der Schule ging ich zum Studium nach Jerusalem, ein Pharisäer zu werden, was bedeutete, dass ich versuchte, an jedem Tag meines Lebens alle Gesetze des Mose zu halten. Du siehst also, ich war ein hundertprozentiger Jude. Allerdings war ich gleichzeitig auch ein römischer Bürger, und das schon seit meiner Geburt. Wie das kam? Nun, meinem Vater war das Bürgerrecht verliehen worden und ich brauchte es nur noch von ihm zu erben!

Eigentlich war ich gar nichts Besonderes. Als ich geboren wurde, hatten die Römer fast die gesamte bekannte Welt vom Atlantik im Westen bis zum Euphrat im Osten und von der Donau und dem Rhein im Norden bis nach Afrika und Arabien im Süden erobert. Es gab außerhalb von Palästina ungefähr sechsmal so viele Juden wie innerhalb. So viele aus meinem Volk lebten und arbeiteten Seite an Seite mit den Römern und es gab etliche Möglichkeiten, ein römischer Bürger zu werden und all die Vorrechte zu bekommen, die damit verbunden waren.

Man konnte zur Armee gehen (was Juden nicht sehr häufig taten), man konnte das Bürgerrecht kaufen oder man konnte es verliehen bekommen, indem man sich durch besondere Dienste auszeichnete. Einige aus meiner erweiterten Familie hatten sogar römische Namen, zum Beispiel Junia und Lucius. Ich entschied mich für „Paulus“, um meinen Übergang vom Judentum zum Christentum deutlich zu machen.

Als römischer Bürger war man vor den erniedrigendsten Strafen (zum Beispiel vor der Kreuzigung) geschützt und man hatte das Recht, an den römischen Kaiser selbst zu appellieren. Das war mir so manches Mal in meinem Leben sehr nützlich, das kann ich dir sagen! Besonders einmal, als man mich zusammen mit meinem

Freund Silas ins Gefängnis geworfen und in den Stock geschlossen hatte und Gott beschloss, uns zu befreien, und ein Erdbeben schickte, das die Schlösser in Stücke zerspringen ließ! Die Stadtoberen waren so erschrocken, dass sie ihren Offizieren befahlen, uns so schnell wie möglich loszuwerden. So konnte ich ihnen in aller Ruhe und wahrheitsgemäß erklären, dass sie uns, da sie uns ohne Prozess gefangen genommen hatten, obwohl ich ein römischer Bürger war, gerne selbst hinaus eskortieren dürften. Du hättest die Gesichter der Stadtoberen sehen sollen, als sie uns zum Gefängnistor geleiteten! Einmal entging ich so auch einer Prügelstrafe, aber das ist eine andere Geschichte und ich höre dich schon sagen: „Nun machen Sie schon, Paulus, ich muss doch nur zweihundert Wörter schreiben!"

Das letzte Stück des Puzzles ist richtig. Ich schrieb tatsächlich auf Griechisch, besonders, wenn ich an Griechen schrieb! Nein, im Ernst, aufgrund der Eroberungen Alexanders des Großen konnte so ziemlich jeder Griechisch, was auch immer seine Muttersprache sein mochte – etwa so, wie als Folge eures imperialen Zeitalters heute überall auf der Welt Englisch gesprochen wird. Griechisch war die Sprache des römischen Reiches und für Lukas und mich die nahe liegende Sprache, in der wir schrieben. In Jerusalem hielt ich einmal eine Ansprache auf Hebräisch, aber sonst gebrauchte ich das Griechische. Lukas schrieb eines der Evangelien und ebenso das Buch, das ihr Apostelgeschichte nennt und in das du freundlicherweise „einen Blick geworfen" hast!

Noch ein Letztes zum Thema Bürgerrecht, Andy. Wenn du wissen möchtest, als was ich mich selbst ansah, dann schau dir doch einmal den Brief an, den ich an meine Gemeinde in Philippi schrieb. Weißt du, in diesem Brief wollte ich die erstaunliche Wahrheit deutlich machen, die Gott mir offenbart hatte, nämlich dass wir als Kinder Gottes keine Griechen oder Römer oder Juden mehr waren, sondern rechtmäßige Bürger eines ganz anderen Landes, dessen Hauptstadt der Himmel ist. Wir mussten es lediglich auf uns nehmen, unser zeitliches Dasein in diesem Außenposten zu verbringen, den wir die Welt nennen, bis wir eines Tages sterben würden und nach Hause gehen könnten.

Alle Rätsel gelöst, Andy?

Paulus

Lieber Paulus,

vielen Dank für all die nützlichen Informationen. Ich habe inzwischen meinem Vater die Sache mit dem Kricket gebeichtet. Sehr erbaut war er nicht. Na ja! Ich hätte da noch ein paar Fragen – diesmal nicht für einen Aufsatz, ehrlich. Wie gesagt, ich mache ja Leistungskurs in Reli. Sie können sich sicher denken, dass wir uns da nicht nur mit dem Christentum befassen, sondern mit allen Religionen. Egal welche, wir machen alles! Um ehrlich zu sein, Paulus, ich kann eigentlich keine großen Unterschiede zwischen ihnen entdecken. Ich meine, es gibt bei allen so eine Heldengestalt, sie haben alle ihre Gesetze und Feste und Rituale und Moralvorstellungen. Alle halten ihre Anhänger davon ab, bestimmte Dinge zu tun, und bringen sie dazu, andere Dinge zu tun. Irgendwie kommt es mir vor, als ob es zwei Sorten Leute auf der Welt gibt; die einen, die sich nur eine schöne Zeit machen wollen und denen es piepegal ist, wieso sie hier sind und wohin sie gehen, wenn sie sterben, und die anderen, die nach einer Art Sinn suchen. Aber soweit ich sehe, finden wir das Christentum bloß deshalb gut, weil wir in unserem Land damit aufgewachsen sind. Ich meine, wenn ich in der Türkei leben würde, wäre ich ein Moslem, oder? Ich habe irgendwie das Gefühl, es gibt so viele Religionen, wieso soll da eine richtig sein und die anderen nicht?

Ich weiß, Sie hatten dieses Problem wahrscheinlich nicht. Sie sind als Jude aufgewachsen und dann eben zum Christentum übergewechselt. Aber ich bin seit jeher immer in die Kirche gegangen, während manche meiner Freunde in der Schule in die Moschee oder in die Synagoge oder sonst wohin gegangen sind. Die meisten von ihnen mussten überhaupt nirgendwo hin, die Glückspilze! Aber ich schätze, das ist ein anderes Thema! Mein Cousin war eine Weile lang Buddhist, während er an der Uni war, und hat sich den Kopf rasiert, und mit diesem transzendentalen Zeugs hatten es ja auch die Beatles sehr, nicht? Also, Paulus, wie ist das? Gibt es einen Unterschied? Was hat Sie dazu gebracht überzuwechseln? Ach, und zu welcher Konfession würden Sie gehören, wenn Sie heute leben würden?

Herzliche Grüße
Andy

P.S.: Übrigens habe ich Ihren Brief meinem Religionslehrer gezeigt – er meinte, er glaube kaum, dass der wirklich von Ihnen stamme, und dann setzte er so ein dünnes Lächeln auf (er ist ein ziemlicher Trauerkloß) und sagte: „Zweifellos ist das ein Amanuensis des 21. Jahrhunderts." Weiß der Geier, was er damit meinte, aber den Gefallen, ihn danach zu fragen, wollte ich ihm auf keinen Fall tun. Er heißt Mr. Cork, und er hat seinen Spaß daran, Leute dazu zu bringen, dass sie sich dumm und albern vorkommen. Um ehrlich zu sein, hat er mir den Spaß an Religion insgesamt ziemlich verdorben. Er zerpflückt alles, kaut es durch, spuckt es in ekligen kleinen zerkauten Kügelchen wieder aus und wundert sich, dass wir nicht alles schlucken wollen, was er sagt!

P.P.S.: Kann ich Ihre Unterschrift für ein paar meiner Freunde haben? Ich schicke diesen Brief über meine Mutter und ihre Gemeinde, sodass ich ein paar Blätter Papier beilegen kann. Ich verspreche auch, sie nicht zu verkaufen!

Lieber Andy,

erstaunlich, wie ähnlich sich bei dir all die großen Weltreligionen anhören. Und sicher ist eine Menge Wahres an dem, was du sagst. Sie haben alle ihre Regeln und Rituale und sie wollen alle eine Erklärung dafür bieten, warum wir hier sind und wohin wir gehen. Aber weißt du, Andy, im Grunde hat sich gar nicht so viel verändert. Als ich auf der Erde war, gab es eine genauso große Auswahl verschiedener Religionen wie in deiner Zeit. Wir hatten unsere eigene Version der Devise: „Iss, trink und sei fröhlich, denn morgen gibt es dich vielleicht nicht mehr!" Sie nannte sich Epikureismus, und sie bot die Chance, sich jetzt eine richtig schöne Zeit zu machen, weil es einzig und allein darauf ankam, dass man glücklich war.

Dann gab es die Verehrung des Kaisers. Cäsar Augustus war der erste Kaiser, der für sich persönlich Göttlichkeit in Anspruch nahm – eine sehr praktische Religion, wenn es darum ging, die Leute unter Kontrolle zu halten und Loyalität einzufordern, wie euer Heinrich VIII. Jahrhunderte später auch herausfand, als er beschloss, sich zum Oberhaupt der Kirche in England zu machen. Dann hatten wir den Stoizismus, der genau den pantheistischen, lässigen Fatalismus eurer Hippie-Religionen beinhaltete. Ich glaube nicht, dass irgendwelche seiner Anhänger komplett aus der Gesellschaft ausstiegen, aber ich erinnere mich, dass „Leben nach der Natur" eines ihrer Schlagworte war, und es gab verschiedene Sekten, die den spirituellen Hunger erzeugten, der Leute wie deinen Cousin dazu trieb, nach Antworten zu suchen.

Als Junge in Tarsus kannte ich genau wie du andere Jungen, die viel mehr Freiheit zum Fragen und Auswählen hatten, aber in gewisser Hinsicht war es für mich leichter, weil es außer Frage stand, wen ich anbetete. Weißt du, ich fand zwar in den philosophischen Schriften vieler meiner griechischen und stoischen Zeitgenossen manche wunderbaren Gedanken, die ich im späteren Leben oft gebrauchte, um meinen heidnischen Zuhörern bestimmte Dinge begreiflich zu machen, aber ich war nach Rasse und Religion ein Jude, der den einen wahren Gott anbetete. Ich sah keine Notwendigkeit, nach Antworten zu suchen. Wir hatten sie ja alle schon – dachte ich zumindest. Du fragst, was mich dazu brachte „überzuwechseln“. Ich schlage vor, dass du einmal mehr als nur einen Blick auf das wirfst, was mein Freund Lukas geschrieben hat; dann findest du vielleicht heraus, was mir passiert ist, das mich erkennen ließ, dass ich doch nicht alle Antworten hatte. Andy, wenn du sagst, dass ich vom Judentum zum Christentum „übergewechselt“ sei, dann hast du noch nicht ganz verstanden. Ich versuche es dir zu erklären.

Alle Juden glaubten damals (und glauben auch in deiner Zeit noch), dass eines Tages der wahre Messias kommen werde. Er würde ein direkter Nachkomme des Königs David sein und wenn er kam, würde er Israel seine glorreiche Stellung zurückgeben. Nun, aus meiner damaligen Sicht konnte Jesus unmöglich dieser ersehnte Messias sein. Ein Wanderprediger aus dem niederen Volk, der galiläischen Dialekt sprach, kam wohl kaum als Kandidat in Frage. Noch schwerer wog, dass er, statt Israel das Königtum zurückzugeben, von der ausländischen Besatzungsmacht gekreuzigt worden war – für mich gänzlich unvereinbar mit dem Messias.

Dann waren da seine Anhänger. Ich sah sie in der Halle Salomos versammelt stehen, wenn ich in den Tempel ging. Auf mich, der ich Tag und Nacht die Thora studierte, von der ich wusste, dass sie das Wort Gottes war, wirkten sie chaotisch und verwirrt und äußerst gefährlich. Sie hatten nichts Geschriebenes, sondern schienen sich nur auf die Dinge zu stützen, die ihr so genannter Christus vor seinem Tod gesagt hatte, und sie verachteten nicht nur das Gesetz, sondern auch unsere nationalen Bräuche, die bis auf die Zeit des Mose zurückgingen. Und sie behaupteten auch noch, dieser Jesus sei von den Toten auferweckt worden. Was mich aber endgültig zur Raserei brachte, war die Gutgläubigkeit vieler Priester des Tempels, die sie dazu brachten, ihren Unsinn zu glauben. Sogar meine eigenen Verwandten Andronicus und Junias fielen darauf herein. Noch wütender wurde ich, als mein eigener Lehrer Gamaliel der jüdischen Obrigkeit riet, diese Verräter nicht zu verfolgen, sondern abzuwarten und zu sehen, ob Gott ihren Glauben vielleicht bestätigte.

Von da an gab es für mich keine Entspannung mehr bei unserem Äquivalent einer guten Kricketpartie. Wie drückte ich es aus, als ich an meine Gemeinde in Galatien schrieb: Etwa so: „Ich übertraf im Judentum viele meiner Altersgenossen in meinem Volk weit und eiferte über die Maßen für die Satzungen der Väter.“ Im Rückblick erkenne ich jetzt, dass die zunehmende Gewalttätigkeit meines Vorgehens gegen die Anhänger dieser neuen Religion aus dem Gefühl gespeist wurde, Gottes Repräsentant hier auf der Erde zu sein, der allein für das kämpfte, was richtig war – für die Wahrheit.

Es war auch nicht so, dass ich nur die Anweisungen gab, die andere dann ausführten. Ich gebe offen zu, dass ich den Tod des Stephanus regelrecht begrüßte, und als ich mich in jener Nacht, die mein Leben buchstäblich für immer verändern sollte, auf den Weg machte, brannte ich vor Zorn und hatte fest vor, die Christen in Damaskus eigenhändig aus ihren Häusern zu zerren und in Ketten nach Jerusalem zu schicken. Was weißt du über diese Nacht, Andy? Nicht allzu viel, würde ich sagen, nach den Fragen zu urteilen, die du bisher gestellt hast!

Nun, es passierte Folgendes … Nein, das werde ich dir nicht erzählen; du kannst es selbst im Bericht des Lukas nachlesen! Natürlich habe ich mitbekommen, wie die Gelehrten im Lauf der Jahre versucht haben, das, was mir passierte, mit allem Möglichen zu erklären, von Epilepsie bis zum Sonnenstich und selbst vorübergehendem Wahnsinn, ausgelöst durch die unterdrückten Schuldgefühle, die durch meine Beteiligung an der Ermordung des Stephanus und anderer Christen entstanden waren. Andy, das Einzige, was eine Rolle spielt, ist, dass ich Jesus gesehen habe und ihn zu mir sagen hörte: „Warum verfolgst du mich?“, und dass ein blendendes Licht des Verstehens endlich in meinem Kopf aufging.

Im selben Moment fiel ich von meinem Pferd und erblindete. Für ein Wunder, könnte man wohl sagen, war das weniger dramatisch als die Teilung des Roten Meeres oder die Verwandlung von Wasser in Wein, aber für mich war es so, als füge sich alles, wonach ich gesucht hatte, alles, wofür ich gekämpft hatte, auf ganz außergewöhnliche Weise zusammen – der Ausdruck auf Stephanus' Gesicht, als er sich einem grausamen Tod gegenübersah, als hätte er Frieden mit Gott auf eine Weise, wie ich es nie gekannt hatte; die Freude und Zuversicht des Petrus und seiner Gefährten, als ob sie sich vor nichts fürchteten.

Das hatte nichts mit „Überwechseln" zu tun, sondern damit, dass ich begriff, dass die Wahrheit schon die ganze Zeit da gewesen war und ich sie nur nicht verstanden hatte – die Wahrheit, dass Jesus nicht der Zerstörer des Gesetzes war, sondern seine Erfüllung, und dass ich, indem ich sein Anhänger wurde, zu einem erfüllten Juden wurde. Israel würde nicht von dem kolonialen Joch der Römer befreit werden. Ich würde das Kommen des Reiches Gottes im Leben der Menschen sehen, nicht in irdischen Territorien. Verstehst du, Andy? Wenn nicht, keine Sorge. Mir fiel es schon zu meiner Zeit schwer genug, es anderen begreiflich zu machen, geschweige denn in deiner!

Was danach geschah, ist Geschichte, aber jene wenigen Sekunden haben mich für immer verändert. Von jenem Moment an habe ich Jesus verkündigt, den auferstandenen Messias, und ich kam zu der Überzeugung, dass wir nur durch den Glauben an ihn das Reich Gottes ererben können.

Das Gesetz, das ich so eifrig als den Weg zum Himmel proklamiert hatte, war in Wirklichkeit ein Stolperstein, der nur zum Tod führen konnte. Gerade das Leiden Jesu, die Ablehnung, auf die er stieß, und sein Tod, *bewiesen* geradezu, dass er der Messias war, und offenbarten seine Herrlichkeit wie nie zuvor. Als Pharisäer hatte ich versucht, gut genug für den Himmel zu sein, und mich täglich bemüht, jedes einzelne Gesetz des Mose einzuhalten. Unter dem Gesetz lebten wir in Furcht vor Gott. Nun sah ich, dass das

Gesetz nicht Gottes letztes Wort war. Ich sah, dass seine Liebe zu uns so groß war, dass er das Problem der Rechtfertigung, der Sünde und der Vergebung löste, indem er zuließ, dass sein Sohn für uns starb, als wir noch Sünder waren, und dass wir nun durch die Gnade in Liebe und Dankbarkeit zu ihm kommen konnten. Die Wahrheit blieb meine Leidenschaft, nur war die Wahrheit, wie ich sie jetzt sah und glaubte, dieselbe, wie auch Petrus, Johannes und Stephanus sie verstanden.

Mein lieber kleiner Bruder, bitte lass dich nicht vom Liberalismus deiner Zeit vergiften. Hab keine Angst davor, dir jede Religion anzuschauen, jede Philosophie zu prüfen und dich jeder Herausforderung zu stellen. Aber bleib nicht dabei stehen. Du sagst, es gibt Religionen, wo die Leute auf der Suche nach Mysterien sind, doch das größte Mysterium von allen ist, dass der christliche Glaube uns durch Christus eine Beziehung zu dem lebendigen Gott anbietet. Suche, Andy. Suche, und du wirst selbst die außerordentliche Wahrheit finden, dass Christus selbst, die Hoffnung der Herrlichkeit, in dir sein kann und dass du das Ebenbild und die Herrlichkeit Gottes selbst widerspiegeln kannst. Wie das möglich ist? Weil der Heilige Geist das Leben Christi in dich einpflanzen kann. Warum? Weil es ein Teil von Gottes herrlichem Plan ist, den er sich ausdachte, als er die Welt erschuf, dass du, Andy – so wie ich, obwohl wir beide Sünder sind –, die Möglichkeit bekommst, das blendende, heilende Licht seines Segens zu empfangen, durch den Tod seines Sohnes. Ich vermute, dass dein Mr. Cork diesen Segen noch nicht empfangen hat, sonst würde er nicht mit solchen trockenen kleinen Klümpchen leblosen Wissens um sich spucken.

Ach, und Andy, ein „Amanuensis“, nur damit du dir nicht wieder dumm und albern vorkommen musst, ist eine Art Sekretär. Wir waren ja damals durchaus auch schon zivilisiert und es war üblich, Briefe zu diktieren und zu unterzeichnen, wie in deiner Zeit auch. Manchmal fügten die Sekretäre auch ein paar eigene Zeilen ein, wie es Tertius zum Beispiel am Ende meines Briefes an die Römer tat, und manchmal gab ich ihnen in groben Zügen vor, was ich sagen wollte, und sie formulierten es aus und legten es mir zur Prüfung vor und ich fügte dann nur noch am Ende meinen eigenen Gruß hinzu. Meist warf ich ihnen einfach alles hin, was ich sagen wollte, und überließ es ihnen, die ganze Sache in Form zu bringen, die Punkte und Kommas zu setzen und den Sätzen den letzten Schliff zu geben. Ich wette, du hättest auch gern einen Amanuensis bei deinen Prüfungen! Natürlich war die Tatsache, dass ich die Briefe unterzeichnete, sehr wichtig, denn meine Unterschrift war das einzige Zeichen, an dem meine Gemeinden zuverlässig erkennen konnten, dass der Brief von mir stammte; aber meine Handschrift war ziemlich groß und unbeholfen und ich bin sehr, sehr froh, dass ich nicht jeden Brief selbst von Hand schreiben musste. Allerdings, Andy, da in diesem Fall das, was ich gesagt habe, entscheidend wichtig ist, nicht die Tatsache, dass ich selbst dir schreibe, werde ich dir keine Autogramme auf die Blätter schreiben. Ich habe dir den Ball des Lebens zugeworfen. Fang ihn auf, mein lieber Sohn, fang ihn auf.

Herzlichst,
dein Paulus

• *Sheila* •

Lieber Paulus,

ob Sie sich wohl einmal mit meinem Mann unterhalten könnten? Ich mache mir große Sorgen um ihn. Er arbeitet in London und hat einen sehr langen Arbeitstag und obendrein sitzt er dann noch jeden Tag vier Stunden im Zug. Wenn er dann nach Hause kommt, weiß ich, dass er eigentlich Entspannung nötig hätte, aber stattdessen rennt er so ziemlich jeden Abend in die Gemeinde. Er ist Ältester in unserer Gemeinde, wissen Sie. Das ist natürlich kein Vollzeitjob, aber man könnte denken, es wäre einer, so viel Zeit investiert er. Wenn es nicht gerade die Jugendgruppe ist, dann ist es das Gebetstreffen oder die wöchentliche Ältestensitzung oder das Lobpreis-Komitee oder Besuchsdienst. Zum Teil finde ich es großartig, zum Teil stinkt es mir ein bisschen und zum Teil finde ich es einfach nur albern. Ich habe ihn gebeten, kürzer zu treten, und ihm gesagt, dass ich mir Sorgen mache, aber er meint, er wolle niemanden im Stich lassen, nur weil er ein bisschen müde ist. Nun, letzte Woche musste er zum Arzt, weil er immer wieder Verdauungsprobleme hat, und der Doktor hat seinen Blutdruck gemessen (der ganz normale Routinecheck bei unserem Hausarzt) und festgestellt, dass er viel zu hoch ist und dass Nick überlastet ist und Gefahr läuft, einen Burnout zu erleiden. Sie sehen also, dass meine Sorge nicht ganz unbegründet ist.

Und da ist noch etwas. Ich komme mir ein bisschen illoyal vor, dass ich Ihnen das erzähle. Aber mir scheint, dass er sich unheimlich über alles aufregt, was ihm eigentlich gar nicht ähnlich sieht. Ich weiß, ich bin befangen, aber er ist wirklich ein sehr lieber Mensch und normalerweise scheint ihn nichts in Wut bringen zu können. Aber neulich musste er aus irgendeinem Grund in die Gemeinde und stellte dort fest, dass die Krabbelgruppe, die sich montags in unserem Saal trifft, ein paar Farbkleckse in der Küche hinterlassen hat, und da ist er schier ausgerastet. Er ist bald fünfzig, und ich habe eine Riesenangst, dass er krank wird. Das Problem ist, wenn ich etwas sage, dann wird er mir wahrscheinlich nur Ihre Ermahnung entgegenhalten, dass wir so laufen sollen, dass wir den Siegespreis erlangen. Er hat immer versucht, sich Ihren Dienst zum Vorbild zu nehmen, und hart daran gearbeitet, ein guter Hirte zu sein. Sollte ich versuchen, ihn zu überreden, ein paar von seinen Aufgaben an jemanden anderes abzugeben?

Ich habe solche Angst, Paulus. Meinen Sie, Sie könnten etwas Zeit finden, ihm zu schreiben?

Herzliche Grüße
Sheila

P.S.: Wenn Sie meinen, dass es alles richtig ist, was er macht, dann machen Sie sich bitte keine Umstände. Ich weiß, wie beschäftigt Sie sein müssen. Ich lebe mit Ihrem größten Fan zusammen.

Lieber Nick,

Grüße an Sie, lieber Bruder, geliebt von Gott. Ihr Zeugnis harter Arbeit, Ihre Geduld und Ihr starker Glaube als Ältester Ihrer Gemeinde sind ein Vorbild für Ihre Mitgläubigen und ein Anlass zu großer Freude.

Ihre Frau Sheila schreibt mir, dass Sie versuchen, die Art nachzuahmen, wie ich gearbeitet habe, als ich auf der Erde war, und es stimmt, dass ich meinen jungen Gemeinden harte Arbeit als Ideal vor Augen hielt. Ich nutzte mein Geschick als Zeltmacher bei

Nacht und bei Tag, um das Geld zu verdienen, das wir für unseren Unterhalt brauchten, um ein Beispiel zu geben, wie man richtig lebt, ohne seinen Mitmenschen zur Last zu fallen. Es stimmt auch, dass ich die Leute tatsächlich aufforderte, meinem Beispiel zu folgen, wobei ich, was oft vergessen wird, allerdings hinzufügte: „wie ich dem Beispiel Christi".

Ich wollte es richtig machen, genau wie Sie. Tief im Innern wollte ich vollkommen sein, obwohl ich wusste, dass das nicht möglich ist und dass ich nur durch die Gnade in das Tor des Himmels eintreten konnte. Obwohl ich wusste, dass wir nur gerettet werden wie solche, die durch die Flammen entkommen, wollte ich etwas aus dem Feuer mitbringen, und wenn es noch so klein war, das ich Gott als Beweis für mein Engagement für den Bau seiner Gemeinde hier auf Erden vorzeigen konnte. Nichts von alledem ist falsch, lieber Bruder, und ich zolle Ihnen großes Lob für Ihren Eifer. Doch Ihre Frau schreibt mir, dass Sie dabei sind, krank zu werden, und ich bin besorgt, dass Sie das Gefühl des Segens und Friedens verlieren könnten, das nur durch die tägliche Begegnung mit unserem lieben Herrn kommen kann. Ich kann Sie leider nicht ermahnen, sich beim Ausruhen ein Beispiel an mir zu nehmen, denn mir ist klar, dass Sie mir jederzeit Lukas' Bericht über meinen erbarmungslosen Lebensstil entgegenhalten können! Allerdings kann ich Sie an ein paar Dinge erinnern, die ich im Lauf der Zeit lernen musste, die Ihnen und Sheila helfen könnten, einige Entscheidungen über Ihre Zukunft zu treffen.

Das Amt des Leiters ist, wie Sie wissen, von Gott gegeben und durch den Geist versiegelt, wie menschelnd das Auswahlverfahren auch erscheinen mag. Ich weiß auch, dass Sie zu schätzen wissen, dass uns trotz unserer offensichtlichen Unwürdigkeit die Aufgabe anvertraut ist, die Reichtümer des Evangeliums weiterzugeben, sei es durch die Gabe des Predigens oder des Dienens. Als Ältester empfinden Sie sicherlich denselben Drang wie ich, Glauben aufzubauen, wo vorher Zweifel war, und feste Grundlagen der Disziplin und der allgemeinen Verantwortlichkeit zu legen. Sie versuchen, ein Helfer, ein Lehrer und ein Diener Ihrer Gemeinschaft zu sein, und Sie bemühen sich, all diese Dinge mit der richtigen Herzenseinstellung zu tun. Ich weiß nur zu gut, wie schwer es manchmal ist, Ihre Mitchristen anzuflehen und zu drängen, wenn Sie am liebsten denen, die Sie leiten, einfach Ihre Überzeugung überstülpen würden, besonders, wenn Sie aufrichtig das Beste für sie im Sinn haben. Ich habe mir so sehr gewünscht, dass meine Bekehrten sich in der Liebe Christi verwurzelt und geborgen fühlten, zur Reife heranwuchsen und – wie ich es meiner europäischen Herde gegenüber ausdrückte – „zum vollen Maß der Fülle Christi" gelangten. Ich habe mir gewünscht, dass sie all die Segnungen empfingen, die ich hatte, seine Liebe so zu erleben, wie ich sie erlebte, und dass sie mehr als alles andere ihr Leben so führen wollten, dass es seiner würdig war. All das habe ich mir so sehr gewünscht, dass es weh tat. Ich glaube sogar, ich habe den Schmerz einmal mit dem bei einer Geburt verglichen – vielleicht im Rückblick etwas anmaßend von mir!

Oh ja, lieber Bruder, ich erinnere mich sehr gut an die tiefe Erschöpfung und hin und wieder die Niedergeschlagenheit, die ich erlebte, während ich versuchte, meinen neugeborenen Gemeinden ein verantwortungsbewusster Vater zu sein. Was ich lernen musste, Nick, war, dass ich mir all diese Dinge für meine Kinder in Christus so sehr wünschen konnte, wie ich wollte, ich konnte sie nicht erzwingen. Diese Gemeinden gehörten nicht mir, sie gehörten Gott. Ich mochte den Samen eingepflanzt oder in manchen Fällen mitgeholfen haben, die Pflänzchen zu gießen, doch nur Gott konnte die Pflanze zum Wachsen bringen. Darum war es unwesentlich, ob die Arbeit von mir oder von anderen getan wurde. Worauf es ankam, war nur, dass Gott mit dabei war. Mit der Zeit lernte ich, auf diese Wahrheit zu vertrauen und Gott dafür zu danken, dass er mich gemeinsam mit meinen Mitchristen an dieser triumphalen Prozession teilnehmen ließ, die den Duft seiner Erkenntnis ausbreitete. Meine Aufgabe und Verantwortung gegenüber meiner Herde war es, dafür zu sorgen, dass ich nicht zuließ, dass sie abhängig von mir wurden – sie zu befähigen, so weit heranzuwachsen, dass sie allein vom Geist Gottes abhängig waren und erkannten, dass Christus in ihnen Gestalt annahm.

Es gab noch einen zweiten, eher praktischen Grund dafür, der für Sie ebenfalls gelten mag oder auch nicht, Nick, je nachdem, was Gottes Pläne für Ihre Zukunft sein mögen. Obwohl ich mich danach sehnte, zu bleiben und meinen Gemeinden ein Hirte zu sein, trieb mich der Geist ständig weiter (oder ich war gezwungen, um mein Leben zu fliehen, was vielleicht nur eine profanere Formulierung für denselben Sachverhalt ist!). Mein Leben war ein einziges Abschiednehmen. Darum musste ich lernen, den Hirten ein Hirte zu sein, sodass ich, wenn ich eine Gegend verlassen und weiterziehen musste, das Gefühl haben konnte, dass ich das unbesorgt tun konnte – gar nicht so einfach.

Meine Gemeinde in Thessalonich war noch sehr jung und hatte meine Hirtenschaft noch sehr nötig, als ich sie verlassen musste. Ich vermisste sie schrecklich und machte mir ständig Sorgen um sie – und das mit gutem Grund, denn sie hatte tatsächlich unter den Juden sehr zu leiden. Ich konnte nie zu ihr zurückkehren, obwohl ich schließlich Timotheus entsenden konnte, damit er sie zur Reife führte.

Ich erinnere mich auch an jenen frustrierenden Tag, als ich mich gezwungen sah, Troas zu verlassen, obwohl ich den Eindruck hatte, dass ich gerade an der Schwelle zu einem Durchbruch stand und die Leute nach dem Evangelium hungerten.

Dann war da noch meine Gemeinde in Ephesus. Sicher, bei ihr durfte ich eine beträchtliche Zeitspanne bleiben, doch nach den Unruhen der Silberschmiede musste ich Hals über Kopf fort und wieder einmal konnte ich nie dorthin zurückkehren. Das Höchste war ein emotional aufgeladenes Treffen mit meinem Ältestenkreis, als ich auf dem Weg nach Jerusalem über Nacht im Hafen von Milet anlegte. Dort musste ich ihnen sagen, dass ich eine ziemlich überwältigende geistliche Vorahnung hatte, dass ich sie nicht wiedersehen würde, und ich warnte sie vor den Gefahren, die ihnen bevorstanden – falsche Lehrer, die auftauchen würden wie reißende Wölfe, die das Leben der Herde in Gefahr brachten. Ich überantwortete sie der Fürsorge Gottes und wir weinten zusammen, als wir uns in den Armen lagen und uns anschickten, Abschied voneinander zu nehmen, wie sich herausstellte, zum letzten Mal. Das schmerzte mehr als die Auspeitschungen, die ich gelegentlich über mich ergehen lassen musste.

Der Grund, warum ich Ihnen das alles erzähle, ist, dass ich Ihnen eine Sache weitergeben möchte, die ich damals zu meinen lieben Freunden sagte. Ich drängte sie, gut auf sich aufzupassen, damit sie gute Aufseher der Herde sein könnten. Wenn die Hirten zu müde werden, zu zerschlagen und zu gebeutelt von ihrem jahrelangen Dienst, dann können sie nicht mehr wachsam genug sein, sodass sich die Wölfe heranschleichen können. Nick, Ihnen geht es nicht gut. Sie sind erschöpft und mir scheint, Sie leiden unter Stress. Das könnte gefährlich werden, nicht nur für Sie selbst, sondern auch für die Leute, die Ihnen so am Herzen liegen.

Darum bitte ich Sie dringend, sich Rat zu holen. Sie müssen nicht das Gefühl haben, allein kämpfen zu müssen. Aus dem Gefängnis und aus der Ferne schrieb ich meinen Gemeinden, um ihnen deutlich zu machen, dass sie sich gegenseitig auf ihre Stärken stützen mussten, damit sie fest in einem Geist stehen und als ein Leib für den Glauben an das Evangelium streiten konnten. Immer wieder drängte ich sie, im Frieden miteinander zu leben, nichts aus selbstsüchtigem Ehrgeiz oder eitler Überheblichkeit zu tun, sondern sich umeinander zu kümmern und, wo immer es angebracht war, Aufgaben zu delegieren. Durch dieses gemeinsame Leben wurden nicht nur Auswüchse eingedämmt, sondern es schützte auch vor dem Problem der individuellen Heldenverehrung. Oh ja, Nick, das war damals schon genauso ein Problem wie heute. Apollos oder Paulus? Was für ein Blödsinn! Kein Wunder, dass ich darauf achtete, nicht mehr Leute selbst zu taufen, als ich unbedingt musste. Das einzige Evangelium ist und war das Evangelium unseres Herrn Jesus Christus. Ihm sei Lob und Ehre.

Nick, ich bitte Sie herzlich, alles, was ich gesagt habe, gründlich zu bedenken und den Rat Ihrer Mitältesten und den Willen des Herrn für Ihre Zukunft und die Ihrer Gemeinde einzuholen. Und möge der Gott des Friedens Sie durch und durch heiligen, sodass Sie weiterhin zu seiner glorreichen Streiterschar gehören können, in welcher Rolle auch immer.

Ihr Bruder
Paulus

• *Tricia* •

Lieber Paulus,

ich stecke mitten in der schlimmsten Woche meines ganzen Lebens. Nichts, was Sie sagen oder tun können, wird mir und meiner Familie jetzt helfen, aber ich muss einfach mit Ihnen reden. Meine über alles geliebte Tochter ist gestorben, Paulus. Sie ist tot. Ich kann es immer noch nicht fassen, aber jeden Morgen wache ich mit einem üblen, fremdartigen Gefühl auf und dann fällt es mir wieder ein. Sie ist ganz plötzlich gestorben, wissen Sie. Wir wussten nicht einmal, dass sie krank war. Sie war so wunderbar, Paulus, so ein liebes, liebes Mädchen. Sie war aufgeweckt und freundlich und immer nett zu ihrem kleinen Bruder. Nie hatte sie irgendwelche schlechten Phasen. Zumindest nicht sehr. Wir lieben – liebten – sie so sehr. Was können Sie mir sagen, Paulus? Wo ist sie jetzt? Warum ist uns das widerfahren? Sie hat es nicht verdient zu sterben.

Sie war siebzehn, ging gerade in die zehnte Klasse und hatte ihr ganzes Leben noch vor sich. An den meisten Sonntagen ging sie abends in den Gottesdienst, und in der Jugendgruppe machte sie auch mit. Ich weiß nicht, ob sie sich wirklich entschieden hatte, wenn Sie wissen, was ich meine – ich glaube nicht, dass sie das Gefühl hatte, dass das so dringend sei. Es fiel ihr nicht immer leicht, alles zu schlucken, was die Gemeinde sagte, aber sie war voller Hoffnung und fest entschlossen, zusammen mit ihren Freunden etwas in der Welt zu bewirken. Und ich weiß, dass sie manchmal gebetet hat, besonders für ihre Freunde.

Wie kann es sein, dass das jetzt Gottes Plan für sie war, Paulus? Jemand fragte mich dieser Tage, ob ich zornig sei. Ich bin nur völlig niedergeschlagen und sehr verwirrt, besonders über Sie!

Wissen Sie, wir haben jede Menge Beileidskarten bekommen, und auf einer davon stand ein Zitat von Ihnen. Das hat mich ziemlich aufgewühlt. Es hörte sich fast so an, als ob Sie den Tod für etwas Gutes hielten. Ich weiß, dass Sie das so nicht gemeint haben können, selbst wenn Sie ja nicht gewusst haben können, was es für ein Gefühl ist, wenn einem ein Kind stirbt. Aber für einen Moment habe ich Sie gehasst – Sie und Ihre Selbstzufriedenheit und Nüchternheit.

So empfinde ich jetzt nicht mehr. Ich möchte nur wissen – nun, Sie wissen, was ich wissen möchte. Bitte helfen Sie mir. Ich komme mir ganz und gar verloren vor. Können Sie mir helfen?

Herzliche Grüße
Tricia Bowland

Liebe Tricia,

zuerst möchte ich Ihnen und Ihrer Familie mein tief empfundenes Beileid ausdrücken. Sie haben völlig Recht. Ich habe tatsächlich nie etwas erlebt, das der Tragödie gleichkäme, die Sie im Augenblick durchmachen.

Tricia, ich bin nicht befugt, Ihnen zu sagen, was Sie, wie ich weiß, mehr als alles andere auf der Welt hören möchten. Was ich tun kann, ist, Ihnen zu sagen, dass Sie um den Glauben bitten müssen, darauf zu vertrauen, dass ebenso, wie Eutychus in dieser Welt ins Leben zurückgerufen wurde, Ihre Tochter in der zukünftigen Welt wieder leben wird. Sie wird vor dem Thron Christi stehen und durch das, was er vor zweitausend Jahren für sie getan hat, wird sie heilig, makellos und untadelig vor ihm stehen. Tricia, ich werde versuchen, Ihnen zu erklären, was ich meinte, als ich sagte: „Christus ist mein Leben und Sterben ist mein Gewinn." Damit wollte ich nicht sagen, dass der Tod etwas Angenehmes sei. Ich war auch nicht von einer morbiden Todessehnsucht getrieben. Was ich ausdrücken wollte, war, dass wir in dem Moment, in dem wir den Herrn Jesus in unser Leben aufnehmen, den einzigen Tod erleben, der wirklich etwas bedeutet – den Tod des Todes. Von diesem Moment an ist unser Leben in Christus verborgen. Er ist unser Leben und wir können nicht mehr sterben, zumindest nicht in einem Sinn, der wirklich zählt. Es ist nur eine Frage der Zeit, bis wir nach Hause gehen dürfen, und in der Zwischenzeit müssen wir weiter in unseren Körpern hier leben. Wir versuchen, uns das Ziel zu setzen, ihm zu gefallen, doch solange wir auf der Erde sind, werden wir unsere Sehnsucht, ganz bei ihm zu sein, nie völlig erfüllen können. Bei mir hörte sich das sehr nüchtern an, aber es war eine Leidenschaft, die in mir brannte. Je mehr ich ihn kennen lernte, desto mehr sehnte ich mich danach, bei ihm zu sein. Schließlich hatten alle Apostel außer mir ihn tatsächlich gekannt, als er hier auf der Erde war. Ich lebte ungeduldig mit der Tatsache, dass ich einfach warten musste, bis ich nach Hause gehen durfte, um mein Leben in seiner Gegenwart zu leben. Mit anderen Worten, ich wusste zwar, dass ich schon in diesem Leben Christus in mir hatte, doch nur der Tod würde mir das geben, was ich mir am meisten auf der Welt wünschte, nämlich richtig bei ihm zu sein. Es war also ein ganz persönliches Verlangen, das ich zum Ausdruck brachte, als ich an meine lieben Freunde in Philippi schrieb.

Meine liebe Tricia, es ist mein tiefster Wunsch für Sie, dass Sie verstehen, dass es zwar furchtbar für Sie ist, Ihre wunderbare Tochter nicht mehr bei sich zu haben, dass es aber nicht der Tod war, der sie Ihnen genommen hat. Der Tod hat keine Macht über sie. Als unser Herr und Erlöser am Kreuz starb, tat er das nicht, um die Römer zu besiegen, obwohl ich in meiner Unwissenheit geglaubt hätte, Rom sei der Feind, von dem unser Messias uns befreien würde. Nein, in Wirklichkeit war unser Herr hinter einem weitaus gefährlicheren Widersacher her, nämlich dem Tod selbst. In dem Augenblick, als Christus starb, verlor der Tod ganz und gar seinen

Stachel. Der letzte Feind war vernichtet, verschlungen in den Sieg; und niemand konnte je wieder Gottes Kinder von ihrem Vater trennen.

Demnach, Tricia, ist sie also einfach vor Ihnen nach Hause gegangen. Ihre Wohnung war vor der Ihren fertig. Nachdem sie dem Herrn in ihrem kurzen Leben gedient hat, kann sie sich nun für alle Ewigkeit an ihm freuen. Sie kann nie wieder Schaden nehmen. Sie kann nie wieder sterben. Aber natürlich können Sie das nicht vollkommen verstehen. Ihre Tränen sagen die Wahrheit. Sie haben Ihr kostbarstes Juwel verloren und für einige Zeit wird nichts Ihnen das auch nur ansatzweise begreiflich machen oder Sie in die Lage versetzen können, sich über ihre Segnungen zu freuen. Versprechen kann ich Ihnen nur, dass wir, solange wir auf der Erde sind, allenfalls hin und wieder einen kurzen Blick auf die Wahrheit erhaschen können. Vor vielen Jahren habe ich dafür einmal eine ganz einfache Veranschaulichung gebraucht, die, wie ich glaube, auch für Sie immer noch dieselbe Bedeutung haben wird. Ich sagte, solange wir auf der Erde sind, sei es so, als könnten wir nur ein trübes Spiegelbild von etwas sehen, wovon wir durch den Glauben wissen, dass es die Wahrheit selbst ist. Das Bild ist frustrierend nebelhaft und verschwommen. Erst wenn wir das Tor durchschreiten, das wir immer noch den Tod nennen, obwohl wir es eigentlich das Leben nennen müssten, werden wir ihn von Angesicht zu Angesicht sehen und ebenso deutlich erkennen können, wie er uns erkennt.

Bis dahin weiß ich nur, dass derselbe auferstandene Herr, den Jesaja so treffend als „Mann der Schmerzen, mit Leiden vertraut" beschrieb, in Ihrer Qual bei Ihnen sein will, und ich weiß, er möchte alles hören, was Sie loswerden müssen; also reden Sie mit ihm.

Ihr Freund
Paulus

Lieber Paulus,

tut mir Leid, dass ich Sie schon so schnell wieder belästige, aber es ist etwas passiert, das mich noch mehr aus der Fassung gebracht hat, und ich weiß nicht, an wen ich mich sonst damit wenden soll. Mein Sohn James holte die Post von unserer Türmatte. Darunter waren ein Exemplar unserer Gemeindezeitung mit einer besonderen Beilage mit der Ankündigung der Beerdigung und ein paar Rechnungen, aber fast alles waren Briefe und Karten mit Beileidswünschen und liebevollen Bemerkungen über unsere liebe Tochter. Und dann war noch etwas dabei. Es war ein Zettel in einem unfrankierten Umschlag, auf dem nichts anderes stand als „DER SÜNDE SOLD IST DER TOD". Ich fand James zusammengekauert auf einem Sessel, brüllend und schreiend vor Schock und Trauer, dieses grauenhafte Stück Papier in der Hand. Ich weiß, es gibt immer irgendwelche kranken Hirne, aber das ist mir unter die Haut gegangen und ich kriege es nicht mehr aus dem Kopf. Lucy hatte ein paar ziemlich seltsame Schulfreunde und in letzter Zeit hatte sie sich angewöhnt, diese furchtbaren schweren Stiefel und lauter schwarze Klamotten zu tragen, und sie hatte sich sogar eine Augenbraue piercen lassen.

Sie war zwar nicht so drauf wie manche ihrer Freunde, die abends immer in einem Aufzug loszogen, als wäre Halloween, falls Sie wissen, was ich damit meine, mit pechschwarzem Lippenstift und ganz dunkel verschmierten Augen. Aber sie hatte sich eine Tätowierung am Knöchel machen lassen und sah schon ein bisschen anders aus als die meisten ihrer Freunde in der Gemeinde. Ihre Oma und ich machten uns immer darüber lustig. Wir wussten, dass sie sich nicht wirklich verändert hatte, aber ich weiß, dass manche der älteren Leute in der Gemeinde Probleme damit hatten, wie sie aussah.

Paulus, bitte sagen Sie mir, dass das nicht wahr sein kann. Sagen Sie mir, dass diese Krankheit, die sie uns genommen hat, nicht ihre Schuld war. Ich kann nicht wirklich glauben, dass es so sein könnte oder dass Gott so grausam sein oder so wenig Einsicht haben könnte, aber …

Ich habe versucht, mir zu Herzen zu nehmen, was Sie in Ihrem Brief sagten, aber es war schwer, wissen Sie. Und jetzt das.

Herzliche Grüße
Tricia

Liebe Tricia,

es tut mir sehr Leid, zu hören, was Ihnen und Ihrer Familie passiert ist. Nun habe ich Ihnen zwei Dinge zu sagen und ich möchte, dass Sie mir gut zuhören, denn Sie sind in Gefahr. Sie sind im Augenblick sehr verwundbar. Es ist entscheidend, dass Sie den Blick fest auf den richten, der Sie liebt, und darauf achten, dass niemand Sie durch die hohle und trügerische Philosophie, die sich auf menschliche Überlieferung und die Grundsätze dieser Welt stützt statt auf Christus, gefangen nimmt.

Erstens sagen Sie, dass Lucy eine Tätowierung auf ihrem Knöchel hatte. Wussten Sie, dass sie noch ein anderes Zeichen trug? Eines, das nicht leicht zu sehen und ganz bestimmt nicht mit Wasser und Seife zu entfernen war. In dem Moment, als sie Jesus als ihren Herrn annahm, empfing sie ein geistliches Muttermal. Sie wurde gezeichnet mit dem Siegel des Heiligen Geistes der Verheißung, der das Unterpfand unseres Erbes ist. Dieses Zeichen ist es, das ihr Vater sah, wenn er sie anschaute. Sie sagen, dass sie sich etwas anstößig kleidete. Junge Leute wollten schon immer Zeichen setzen, wollten schon immer die Älteren in ihrer Leidenschaft und ihrem Eifer übertreffen. Sie war da keine Ausnahme. Was sie zur Ausnahme machte, war, dass sie offenbar einen Weg gefunden hatte, allen Menschen alles zu sein, ohne sich selbst aufzugeben. Sie betete für ihre Freunde. Sie kannte sie gut genug, um zu begreifen, dass sie noch nicht so weit waren, das, was sie hatte, als etwas zu sehen, was sie auch brauchten, und ihre Liebe zu ihnen war groß genug, dass sie erkannte, dass sie nur durch das Gebet hoffen konnte, dass sie in der Zukunft die Freiheit finden würden.

Nun, ich glaube, damit ist genug zu diesem Thema gesagt, meinen Sie nicht?

Schauen wir uns nun den Inhalt dieses Zettels an. Zuerst einmal, und ohne mich rechtfertigen zu wollen, möchte ich den ganzen Satz so zitieren, wie ich ihn geschrieben habe: „Denn der Sünde Sold ist der Tod; die Gabe Gottes aber ist das ewige Leben in Christus Jesus, unserm Herrn." Damit meinte ich nicht: Wenn einer stirbt, muss er wohl gesündigt haben. Warum sollte ich so etwas sagen? Jeder sündigt und jeder stirbt; demnach wäre das nichts als Papierverschwendung gewesen, nicht wahr? Vergessen Sie nicht, dass ich meine Briefe auf Papyrus schrieb, das sehr kostspielig und schwer herzustellen war. Die Binsenmarkstreifen, aus denen unser Papier bestand, mussten von den Ufern des Nils importiert werden, sodass ich sie wohl kaum vergeudet hätte, um dumme, selbstverständliche Dinge ohne jeden Wert zu sagen. Nein, was ich meinte, war, dass der Böse der größte Betrüger ist. Der Sold, den er für seine Diener bereithält, ist der geistliche Tod. Erinnern Sie sich, was ich Ihnen in meinem letzten Brief sagte. Für Gottes Kinder ist der Tod nur die Tür, durch die sie in seine Gegenwart eintreten. Für die Sklaven, die während ihrer Lebenszeit von dem Bösen gefangen genommen wurden, ist der Tod die Tür zu einem Leben ohne Christus. Sie sagen, Ihre Tochter war voller Hoffnung – Hoffnung für die Zukunft. Auch Sie können Hoffnung haben, Hoffnung auf einen Gott, der nicht lügt und der vor Anbeginn der Zeit das Versprechen gab, dass das Leben in Christus ewig ist. Tragen Sie diese Hoffnung wie einen Helm, um sich vor den Pfeilen des Zweifels zu schützen, mit denen der Böse versuchen wird, Ihre Gedanken zu durchdringen.

Zum Schluss möchte ich kurz auf die Schreiberin des Briefes zu sprechen kommen. Ich möchte, dass Sie für sie beten, denn sie ist in noch größerer Gefahr als Sie. Ich fürchte, trotz ihrer Zugehörigkeit zu Ihrer Gemeinde ist sie in Wirklichkeit eine Dienerin der Sünde, die keinerlei Verpflichtung zum Anstand empfindet und das Verlangen hat, andere zu beherrschen und zu erniedrigen. Möge Ihr Glaube nicht auf menschlicher Weisheit beruhen, sondern auf der Macht Gottes. Denken Sie immer daran, liebe Tricia, dass Gott in seiner größten Torheit weiser ist als der klügste Mensch und in seiner größten Schwäche stärker als die Menschen in ihren stärksten Momenten.

In Liebe und tiefer Anteilnahme für Sie alle,
Paulus

Lieber Paulus,

ich schreibe Ihnen, um Sie um Rat zu bitten, angeregt, wie ich zugebe, durch meine Frau Phil. Die Sache ist die, dass ich seit einiger Zeit zunehmend beunruhigt bin über einige Dinge, die an meinem Arbeitsplatz vor sich gehen.

Ich weiß nicht, ob Sie wissen, dass heutzutage Bagatelldiebstähle im Büro allgemein akzeptiert sind, und ich schätze, bisher hat es mich auch nie in große Glaubenskonflikte gestürzt, wenn jemand ein paar Büroklammern mitgehen ließ. Aber jetzt passieren Sachen, die ich schon erheblich schwerwiegender finde, und ich weiß nicht recht, wie ich mich verhalten soll. Ich weiß schon seit einiger Zeit, dass die meisten meiner Kollegen dazu neigen, ihre Spesenabrechnungen etwas aufzublähen, aber bisher musste ich dazu nie persönlich Stellung beziehen. Vielleicht hätte ich sie damit konfrontieren sollen, aber das habe ich nicht getan und außerdem wissen die meisten von ihnen, dass ich in die Kirche gehe, und da war es mir wohl wichtig, ihnen keinen Anlass zu geben, mich in die Schublade für „religiöse Spinner" zu stecken.

Das war es jedenfalls, was ich mir selbst gesagt habe. Letzten Monat allerdings nahmen wir alle an einer Vertreterkonferenz teil, wo wir alle im selben Hotel untergebracht waren und denselben Service genossen. Ich trinke genauso gern ein Gläschen wie jeder andere auch und ich muss zugeben, dass wir uns alle auf Kosten der Firma ein paar schöne Abende gemacht haben – soweit es mich betraf, ganz legal. Es gab nette Kneipen in der Stadt und statt in dem steifen, formellen und überteuerten Restaurant im Hotel zu essen, ließen wir uns lieber irgendwo einen deftigen Pie mit Erbsen schmecken und spülten ihn mit ein paar Gläsern Bier herunter. Jeder von uns hatte seinen Bierdeckel, den er am Ende des Abends bezahlte und sich eine Quittung dafür geben ließ. Nun, die Konferenz endete nach dem Mittagessen am Donnerstag und als ich zur Rezeption ging, um auszuchecken, stand ich zufällig hinter einem meiner Kollegen, während er seine Rechnung bezahlte. Zu meiner großen Verblüffung bekam ich mit, dass seine Rechnung erheblich höher ausgefallen war als meine, und noch fassungsloser war ich, als er mich zur Seite nahm und mir erklärte, dass er sich für jeden Abend das Abendessen im Hotel auf die Rechnung hatte setzen lassen. Zu meinem Erstaunen kamen für die drei Abende fünfundachtzig Pfund zusammen statt der zweiundzwanzig Pfund, die unsere Mahlzeiten in der Kneipe tatsächlich gekostet hatten. Das Argument, mit dem er mir das leichthin und unbekümmert erklärte, war, dass wir ja im Hotel hätten essen können, wenn wir gewollt hätten, und dass das Hotel es gewohnt war, die Rechnungen so auszustellen, also wo war das Problem? Mir fiel keine gute Antwort ein, aber ich tröstete mich damit, ein reines Gewissen zu haben, solange ich nicht selber log, und was andere Leute taten, war schließlich ihre Sache, und schon bald würde Gras über die ganze Sache wachsen. Da war ich natürlich im Irrtum.

Als ich am Freitagmorgen zur Arbeit kam, lauerten mir im Büro meine anderen Kollegen von der Konferenz auf und baten mich, so zu tun, als hätte ich meine Hotelquittung verloren, und den Chef zu fragen, ob ich einfach dieselben Spesen angeben könne wie sie, da ich ja die gleichen Kosten gehabt hätte. Ich sagte ihnen, das könne ich nicht machen, worauf sie meinten, mir wäre es wohl egal, ob ich sie reinreite, und wie käme ich dazu, mich einen Christen zu nennen, wenn mir meine besch--- Grundsätze wichtiger wären als meine Kumpels. Sie brachten mich dazu, mir vorzukommen wie ein eingebildeter Besserwisser, und am liebsten hätte ich einfach gelacht und mitgemacht, bis ich daran denken musste, was Phil wohl dazu gesagt hätte!

Jedenfalls habe ich gesagt, ich würde darüber nachdenken und ihnen bis Montag sagen, wie ich mich entschieden habe, und als ich nach Hause kam, schlug Phil mir vor, Ihnen zu schreiben. Sie sagte, in der Gemeinde seien alle ganz aus dem Häuschen darüber, dass Sie tatsächlich Briefe beantworten und was Sie so alles schreiben. Ich weiß, es ist ganz schön unverschämt, aber meinen Sie, Sie könnten mir wohl bis Montag antworten? Ich habe mir wirklich viel Mühe gegeben, einer von ihnen zu sein, obwohl ich mir oft wie ein Ausländer vorkomme, so sehr unterscheidet sich die Sprache ihres Lebens von meiner. Ich möchte jetzt nicht alles verderben. Aber ich möchte auch nicht mich selbst, Gott und Phil im Stich lassen.

Herzliche Grüße
Steve

Lieber Steve,

ich kann Ihr Dilemma gut nachfühlen. In der Welt zu leben, aber nicht von der Welt zu sein, bringt nun einmal eine Spannung mit sich, in Ihrem Leben genauso wie in unserem.

Ich weiß aus persönlicher Erfahrung, was das für ein Gefühl ist, wenn man für etwas steht, das die anderen um einen her blöd finden. Auf viele muss ich wie ein irregeleiteter Clown gewirkt haben, der ständig umgehauen wird – einmal wurde ich in einem Korb an der Mauer herabgelassen, ein anderes Mal fälschlich für einen Gott gehalten und wieder ein anderes Mal um ein Haar zu Tode gesteinigt. „Ist das alles wirklich nötig?“, fragte ich mich. „Es muss doch wohl auch möglich sein, die gute Nachricht auf etwas weniger demütigende Weise in Umlauf zu bringen?“ Aber die Wahrheit ist, Steve, es ist nicht möglich. Wissen Sie, wir sind nicht einfach nur Klinkenputzer für die Wahrheit, so als wäre das unser Job, mit dem wir auch mal Pause machen könnten, wenn wir Entspannung brauchen. Wir sind es selbst – die gute Nachricht, meine ich. Wir sind eine lebendige Reklame. Das bedeutet, um die Verkäufer-

Analogie gegen eine militärische auszutauschen, wir sind immer im Dienst, und selbst dann, wenn andere Leute uns nicht sehen können, kann uns doch Gott sehen, unser Oberster Befehlshaber. Die Ausbildung eines Soldaten war schon immer knochenhart und beinhaltete jede Menge Robben durch den Schlamm, um die körperliche und geistige Ausdauer zu stärken, und die Ausbildung eines Soldaten Christi ist ebenso hart für diejenigen, die sich ernsthaft seiner Armee anschließen wollen. Die Situation, in der Sie sich befinden, ist also nicht nur ein Bagatellproblem, das sich auf Ihren Arbeitsplatz beschränkt, sondern entscheidend für Ihren Status als Soldat Christi, und sie erfordert ernste Aufmerksamkeit, wie Ihnen sicher klar ist. Ich vermute, wenn Sie mir schreiben, ahnen Sie schon, dass meine Antwort ziemlich hart ausfallen könnte.

Lassen Sie mich noch einmal sagen, dass ich sehr mit Ihnen fühle. Ich höre heraus, dass Sie manche Ihrer Kollegen wirklich mögen, und ich habe das Gefühl, dass Sie tief in Ihrem Herzen ein bisschen neidisch auf ihre Freiheit sind. Das ist ganz normal. Niemand hat uns aufgefordert, über andere zu richten; das können wir getrost einem weiseren Richter überlassen. Aber wir sind gefordert, unsere Nächsten zu lieben, wie Christus selbst es tat, ein Herz für die Verlorenen zu haben, wie er es hatte. Dabei ist eines zu bedenken: In dem Moment, wo ein Schaf sich verirrt, weiß es nichts von der Gefahr, in der es sich befindet, und blökt darum auch nicht vor Angst. Ihre Freunde befinden sich offensichtlich in seliger Unkenntnis der Gefahr, in der sie sind, indem sie sich immer weiter von dem entfernen, was ihr innerer „Hirte", ihr Gewissen, ihnen sagt. Sie, der Sie den Vorteil haben, vom Heiligen Geist geführt zu werden, müssen ihre Seelen wichtig genug nehmen, dass Ihnen daran gelegen ist, sich die beste Strategie zu ihrer Rettung zu überlegen, bevor es zu spät ist. Das wird nicht leicht sein, denn sie wollen ja gar nicht gerettet werden; dazu haben sie viel zu viel Spaß. Außerdem sehen sie in Ihnen eine Bedrohung ihrer zukünftigen Sicherheit, was ihr Geld und ihren Job betrifft, und das wird sie wütend machen.

Einige derartige Erlebnisse hatte ich während meiner Dienstzeit natürlich auch. In Ephesus machte ich mich durch mein Gerede von dem einen wahren Gott äußerst unbeliebt bei den Silberschmieden, die eine Menge Geld mit den Figuren der Göttin Diana verdienten, die sie herstellten. Aber am nächsten kam ich Ihrem Erlebnis wohl, als ich zum ersten Mal nach Philippi kam. Dort gab es eine arme Sklavin, die von ihren Besitzern furchtbar ausgebeutet wurde. Lukas war damals bei mir und von seinem Bericht her haben Sie vielleicht noch in Erinnerung, dass sie von einem Dämon besessen war, der sie befähigte, in die Zukunft zu schauen. Dieser Dämon erkannte den Heiligen Geist in uns und brachte das arme Mädchen dazu, uns beständig zu folgen und herumzuschreien, wer wir waren. Nun, was die lebendige Reklame für Gott angeht, war das nicht gerade die effektivste Methode, wie Sie sich denken können, und nach ein paar Tagen hielt ich es nicht mehr aus. Ihre Heilung war natürlich wichtig für ihren eigenen Geisteszustand, aber auch für meinen! Da ich der einzige Repräsentant meines Herrn war, fiel es mir zu, dem Geist im Namen Jesu zu gebieten, sie zu verlassen. Nun können Sie sich vorstellen, dass das bei ihren Besitzern, denen damit ihre beste Einkommensquelle verloren ging, gar nicht gut ankam. Ihr Zorn hatte für mich sehr unangenehme Auswirkungen, aber schließlich war es schon immer so, dass es für alles einen Preis gibt, und immerhin musste ich ja ihre Freiheit nicht mit meinem Leben erkaufen. Aber darauf komme ich später noch zurück.

Der andere Grund, warum es nicht leicht sein wird, sind Sie selber. Steve, ich möchte Ihnen eine oder zwei Fragen stellen. Erstens: Geht es Ihnen wirklich darum, was Sie im Interesse Ihrer Freunde tun sollen, oder haben Sie Angst um sich selbst? Ich hatte oft Angst. Aber ich hatte eine Zuversicht, von der ich vermute, dass Sie sie noch nicht haben, dass das, was ich sagte und tat, eine Botschaft Gottes an die Menschen war, denen ich begegnete, und dass meine persönliche Sicherheit hier ziemlich bedeutungslos war im Vergleich zu meiner Sicherheit in der Ewigkeit. Darum meine nächste Frage an Sie, Steve: Haben Sie genug Vertrauen zu Christus, um während dieses Wochenendes und am Montag Ihre Ohren und Ihr Herz für ihn zu öffnen, sodass er durch Sie Ihren Arbeitskollegen sagen kann, was er ihnen sagen muss? Die nächsten Tage werden bestimmt nicht leicht für Sie werden, denn es wird noch einen anderen geben, der an diesem Wochenende zu Ihnen sprechen wird und zwar den, der verzweifelt versucht, Menschen davon abzuhalten, Gott zu begegnen; den, auf den wir zu hören neigen, weil unser sündiges Wesen noch nicht völlig verwandelt wurde, als wir als Kinder Gottes wiedergeboren wurden. Sehen Sie, bis zu jenem Punkt sind wir buchstäblich Sklaven und die Sünde ist unser Besitzer, so sicher, wie sie die Besitzerin jenes Mädchens in Philippi war. Jetzt ist es so, dass wir zwar tun wollen, was unser Vater will und was richtig ist, es aber nicht können. Stattdessen tun wir das, was wir hassen, obwohl wir wissen, dass es falsch ist. Wir können nicht anders, weil die Sünde stärker ist, als wir es je aus eigener Kraft sein können. Wenn wir also von Herzen Gottes bereitwillige Diener sein wollen statt Sklaven der Sünde, dann müssen wir uns an eine andere Kraft wenden als unsere eigene Tugend, um von unserer früheren Lebensweise frei zu werden. Wir müssen auf Jesus schauen und uns bewusst machen, dass er uns bereits von der Versklavung durch unseren früheren Besitzer frei gemacht hat. Wir müssen die Kraft seines lebensspendenden Geistes einatmen, die uns fähig machen wird, dem Teufel mit Zuversicht zu widerstehen und anzufangen, uns zu verhalten wie die freien Menschen, die wir bereits sind. Die Erlösung von der Sünde ist eine gegenwärtige Wirklichkeit, die mit unserer Bekehrung beginnt, an der aber unser ganzes Leben lang weiter gearbeitet wird. Sie gibt uns die Möglichkeit, praktisch zu erfahren, wie es sich anfühlt, dem Unrecht zu widerstehen und das Rechte zu tun.

Sie sind jetzt ein Repräsentant Gottes. Sie sind sein Sohn. Wenn Menschen Ihnen begegnen, dann sind sie einer Begegnung mit Gott so nahe, wie sie es nur sein können. Schauen wir uns einige Eigenschaften Ihres alten Wesens an, die zur Zeit dem Heiligen

Geist seine rechtmäßige Stellung als Oberster Befehlshaber in Ihren alltäglichen Entscheidungen streitig machen und dadurch einen so armseligen Eindruck von Ihrem Erlöser vermitteln.

Sie sagen, Sie wollen nicht als religiöser Spinner erscheinen, und wie gesagt, das verstehe ich sehr gut. Aber was sehen denn die Leute, wenn sie Sie anschauen, Steve? Ich weiß, Sie begehen keinen Ehebruch, und ich weiß auch, dass Sie nicht fluchen und andere schikanieren. Aber Sie haben den Wunsch und das Bedürfnis, gemocht und akzeptiert zu werden. Sie machen nicht gern einen Aufstand. Sie wollen sich sicher fühlen und deshalb haben Sie Angst davor, sich die Aussicht auf eine Beförderung zu vermasseln. Eigentlich verachten Sie diese Eigenschaften, aber sie sind nun einmal ein Teil von Ihnen. Auf der Skala der Sünden erscheinen sie vielleicht nicht sehr schwer wiegend, aber Jesus selbst nannte die Sorgen der Welt und die Liederlichkeit als gleichrangige Beispiele für Dinge, die Menschen von Gott fern halten. Geld ist und war schon immer eine große Gefahr für die Menschen. So oft wird es verehrt und sogar angebetet, und das macht Gott zornig und traurig. Er fordert Sie auf, sich mit Furcht und Zittern um Ihr Heil zu bemühen und sich nur von ihm abhängig zu machen. Da ich Angst um Sie habe, lassen Sie mich Ihnen in Erinnerung rufen, warum wir versuchen müssen, der Sünde zu widerstehen – warum es so eine große Rolle spielt, was Sie am Montag tun werden.

Ich muss Ihnen sagen, Steve, dass Gott die Sünde nicht leiden kann. Die Tatsache, dass er bereit ist, uns unsere Sünden immer wieder zu vergeben, bedeutet nicht, dass er sie gutheißt. Der Grund, warum Jesus sterben musste, war, dass Gott das Problem der Sünde auf keine andere Weise lösen konnte, ohne seine Heiligkeit zu verlieren. Denn sehen Sie, es war unmöglich, das Gesetz einzuhalten (niemand weiß das besser als ich – als Pharisäer gab ich mir alle Mühe, aber am Ende war ich nur voll von Zorn und Hass). Und weil es unmöglich war, konnten wir niemals gut genug sein, um uns den Zutritt zum Himmel zu verdienen, und wir gehörten dem Bösen. Die Sünde konnte uns zu Recht für alle Ewigkeit als ihr Eigentum beanspruchen, denn sie hatte einen Beweis in Form einer Liste, so lang wie Ihr Arm, mit all unseren Verstößen gegen das Gesetz Gottes. Wir hatten nicht die geringste Chance, uns selbst vor der Todesstrafe zu retten, die wir verdient hatten. Was tat also dieser Gott, der alles verkörpert, was gut und heilig und rein ist? Er liebte uns so sehr, dass er die ganze gesammelte Sünde der ganzen Welt auf sich nahm und für uns alle starb. Mit anderen Worten, indem er die Liste unserer Sünden nahm und ans Kreuz nagelte, kaufte er uns auf die einzig mögliche Art und Weise frei.

Meine lieben jungen Lehrer mussten so oft den Versuchungen standhalten, die ihre sündige Welt ihnen bot, und immer wieder musste ich sie daran erinnern, warum sie fest bleiben mussten, genau wie ich Sie jetzt daran erinnere. Ich habe sie ständig damit traktiert, am deutlichsten aber vielleicht Titus. Ihm sagte ich, was ich jetzt auch Ihnen sagen möchte: „Als aber erschien die Freundlichkeit und Menschenliebe Gottes, unseres Heilands, machte er uns selig – nicht um der Werke der Gerechtigkeit willen, die wir getan hatten, sondern nach seiner Barmherzigkeit – durch das Bad der Wiedergeburt und Erneuerung im Heiligen Geist, den er über uns reichlich ausgegossen hat durch Jesus Christus, unsern Heiland, damit wir, durch dessen Gnade gerecht geworden, Erben des ewigen Lebens würden nach unsrer Hoffnung." Dies, so versprach ich Titus, ist eine Lehre, auf die Verlass ist. Man soll sich ja nicht selbst loben, aber ich glaube, ich habe das ziemlich gut ausgedrückt!

Außerdem musste ich sie daran erinnern, *wie* sie standhalten konnten. Steve, eine der verderblichsten Formen der Sabotage gegen die Kraftreserven, mit denen Gott uns ausrüstet, besteht darin, die Dinge, die Jesus sagte, und die Dinge, die ich gesagt habe, aus dem Zusammenhang zu reißen und hübsch zu garnieren, während sie doch in Wirklichkeit als eiserne Rationen für die Soldaten an der Front gedacht waren. Und das ist genau der Punkt, wo Sie jetzt stehen, ob Sie das wollen oder nicht. Es ist sehr demoralisierend, mit leerem Magen in die Schlacht zu ziehen; also sättigen wir uns an Gottes wunderbaren Wahrheiten und warten wir ab, ob sie nicht ausreichen, Sie durch die Vorbereitungen dieses Wochenendes und durch die Auseinandersetzung am Montag zu bringen.

Zuerst ist da etwas, das ich der Gemeinde in Rom schrieb. Bedenken Sie, wie verwundbar diese kleine Schar Soldaten sich vorgekommen sein muss, umringt von dem Gepränge menschlichen Reichtums und menschlicher Macht im innersten Zentrum der Zivilisation. Ich erinnerte sie daran, dass all das, was oberflächlich vielleicht beeindruckend aussah, in Wirklichkeit nur Unsinn war und dass diese scheinbaren Eroberer sich mit ihrem Anspruch, ohne Gott weise sein zu wollen, zu kompletten Narren gemacht hatten. Der Feind konnte sich auch nicht hinter seiner Unwissenheit verschanzen, denn seit Anbeginn der Zeit hatte Gott ihnen in der Gestalt und dem Wunder des Universums eine so unübersehbare Darbietung der Pracht vor Augen gehalten, dass sie instinktiv seine Existenz erkannt hatten, sich aber bewusst weigerten, ihn anzuerkennen. Ähnlich ist es mit uns: Wir sind nicht im Mindesten verpflichtet, unserer alten sündigen Natur zu folgen, so verlockend sie sich auch geben mag. Wir sind keine Sklaven mehr. Wir sind Gottes eigene Kinder. Wir können ihm zurufen: „Papa, Papa, hilf uns“, und das wird er auch gewiss tun, wenn ich Ihnen auch nicht sagen kann, in welcher Form das geschehen wird.

Darum, Steve, wie allein und schwach Sie sich auch am Montag fühlen mögen, denken Sie nur daran, den Blick auf den gerichtet zu halten, der allein Ihnen helfen kann – Ihr eigener Vater, Gott. Nichts kann uns von seiner Liebe trennen. Der Tod kann es nicht und das Leben kann es nicht. Meine Güte, nicht einmal die Mächte der Hölle selbst können es. Es kann Sie durchaus etwas kosten, wenn Sie Stellung beziehen gegen etwas, wovon Sie in Ihrem Herzen wissen, dass es Unrecht ist, aber was immer Ihnen auch Angst und Sorge bereitet, nichts kann Sie von Ihrem Vater trennen. Und noch etwas. Es könnte durchaus sein, dass Gott Sie zu seinem Sonderbotschafter gegenüber Ihren Freunden am Arbeitsplatz eingesetzt hat. Wenn dies der Fall ist, dann hat der Heilige Geist bereits in ihren Herzen gewirkt und nun wartet er nur noch darauf, dass Sie sich als lebendiges Opfer zur Verfügung stellen. Seien Sie bereit zu kämpfen, bereit, Ihre sichere Zukunft dranzugeben, damit er die Ketten, mit denen diese Männer an ihren gegenwärtigen Besitzer gefesselt sind, zerreißen und sie sicher nach Hause bringen kann.

Ein Soldat wird nie mit leeren Händen in die Schlacht geschickt. Gott wird Sie im Kampf seine Waffenrüstung tragen lassen. Legen Sie seinen Brustpanzer der Gerechtigkeit an und tragen Sie den Helm des Heils. Sie können den Glauben als Ihren Schild tragen, um sich gegen Ihren Gegner zu verteidigen – und damit meine ich nicht die Missbilligung Ihrer Arbeitskollegen, sondern die Pfeile des Bösen. Hüten Sie sich vor ihm. Er ist kein Gentleman, der bereit ist, sich im Morgengrauen mit Pistolen mit Ihnen zu duellieren. Er wird dreckig kämpfen, um zu verhindern, dass seine Sklaven die Wahrheit hören. Aber, lieber Steve, vergessen Sie nicht, was ich Ihnen jetzt sage. Sie müssen sie nicht durch Ihre Cleverness und Schlagfertigkeit gewinnen. Sie müssen nicht zu den weltlichen Waffen der Ausflüchte, der Feigheit, der Aggression und des Sarkasmus greifen. Es ist sogar unerlässlich, dass Sie diese Dinge ablegen, bevor Sie am Montag zur Arbeit gehen. Sie tragen bei sich die gute Nachricht vom Frieden, von der Wahrheit, die sie frei machen kann; und das Schwert, das Sie in Form des Wortes Gottes mit sich führen dürfen, ist das einzige, das scharf genug ist, um die Fesseln des Bösen zu zerschneiden.

Noch eine letzte Bemerkung. Bitten Sie Phil, die ganze Zeit über für Sie zu beten. Sie brauchen im Moment beständigen Schutz und Sie brauchen den Heiligen Geist, der Sie offen und wachsam macht, sodass Sie hören können, was er Ihnen zu tun und zu sagen aufträgt.

Möge Gott euch sicher hinaus in die Schlacht führen, liebe Kinder.

Paulus

• *Deborah und Sandy* •

Sehr geehrter Herr Paulus,

gegen meine Überzeugung leite ich den beiliegenden Brief von meiner jungen Klientin Sandra Jones an Sie weiter. Ich bitte Sie, in Ihrer Antwort Rücksicht auf das hohe Maß an Ablehnung zu nehmen, das Sandra in ihren fünfzehn Jahren bereits erlebt hat.

Sandra wurde als Ergebnis einer von mehreren Affären geboren, die ihre Mutter kurz nach ihrer Hochzeit hatte. Weder der Ehemann noch Sandys Vater blieben bei der Mutter und seit der Inhaftierung der Mutter wegen extremer körperlicher Misshandlungen ihrer beiden Mädchen hatte Sandy keinerlei Kontakt mehr zu Familienangehörigen. Wie sie mir sagt, hat sie in ihrem Brief keine Einzelheiten über die Schwere der körperlichen Misshandlungen erwähnt, die sie und ihre Schwester durch die Hand ihrer psychotischen Mutter erlitten. Ebenso wenig scheint sie zu erwähnen, wie viele Pflegefamilien sie aufgrund ihrer Unfähigkeit, destruktives Verhalten zu steuern, wieder verlassen musste. Ich weiß nicht, ob Sie mit einem traurigen Szenario vertraut sind, das wir in unserer Arbeit immer wieder erleben. Es gibt ein unbewusstes Bedürfnis in dem abgelehnten Kind, die Toleranzgrenze der Pflegeeltern auszutesten, um sich begreiflich zu machen, warum die eigenen Eltern es nicht haben wollten. Dieses Austesten kann in der Form störenden, aggressiven und extrem antisozialen Verhaltens auftreten. Natürlich versuchen die Sozialbehörden, die Pflegeeltern gründlich darauf vorzubereiten, doch diese Maßnahmen reichen oft nicht aus, und wenn eine Pflegestelle zusammenbricht, weil sie irreparabel sabotiert wurde, fasst das Kind dies als weiteren Beweis auf, dass es nicht liebenswert sei.

Sandras letzter Heimaufenthalt ist einigermaßen erfolgreich verlaufen. Allerdings hat ihr Bedürfnis, zu einer richtigen Familie zu gehören, dazu geführt, dass sie für das von Gastpredigern in einem Schulgottesdienst gemachte lächerliche Angebot einer sofortigen Aufnahme in eine Gemeinde-„Familie“ höchst empfänglich war. Nur ein kurzer Weg nach vorn, einmal niedergekniet, und schon war sie „drin“. Keine unangenehmen Vorgespräche, um die Kompatibilität zu überprüfen, keine Musterung der Familie, keine Verträge zwischen meiner Klientin und ihren zukünftigen Pflegeeltern. Sandy behauptet, in dem Moment, als für sie gebetet wurde, außergewöhnliche Gefühle der Freude erlebt zu haben. Ich frage mich, warum mich das nicht sehr beeindruckt, angesichts der höchst emotionalen Atmosphäre und ihrem verzweifelten Verlangen, ihre tiefsten Bedürfnisse zu befriedigen! Seither – welche Überraschung! – hat sie schon manches Mal ihr altvertrautes Gefühl zu spüren bekommen, sie sei zu nichts zu gebrauchen!

Ich bin außerordentlich wütend und bitte Sie dringend, weiteren Schaden zu verhüten, indem Sie ihr raten, ihre Rolle bei diesem Mummenschanz so bald wie möglich aufzugeben.

Mit freundlichen Grüßen
Deborah Owen (Miss)

Lieber Herr von Tarsus,

meine Sozialarbeiterin hat gesagt, sie sorgt dafür, dass Sie das hier kriegen. Ich schreibe nicht oft Briefe, aber ich hoffe, Sie können den hier lesen. Meine Mutter hat uns dauernd verprügelt, als wir klein waren, und musste in den Bau. Da hat das Sozialamt Donna und mich übernommen, aber wir haben uns bei unseren Pflegeeltern schlecht benommen und da haben sie’s sich anders überlegt und gesagt, sie wollen uns nicht mehr, sodass wir in dieses Heim gekommen sind. War ganz okay. Donna hat Mist gebaut und musste in die Geschlossene, aber ich bin ganz gut klargekommen.

In der Schule bin ich nie so besonders gewesen, aber im Heim lief es ganz gut. Jedenfalls hatten sie in der Schule so ein Sonderding, wo eine Band kam. Die waren echt gut. Besser, als wir gedacht hatten. Sie erzählten uns, dass Gott uns liebt und uns in seiner Familie haben will und dass es egal ist, was wir alles angestellt haben, weil man sagen kann, es tut mir Leid, und meine Freundin Julie und ich sind nach vorn gegangen. Die Sängerin erzählte uns von ihrer Gemeinde, hörte sich gut an, und sie meinte, sie würde mich vom Heim abholen, und wir fuhren hin. Da waren alle sehr nett und sie sagten uns, wir würden jetzt zu ihrer Familie gehören. Dann erzählten sie uns von der Jugendgruppe, die sich freitags da in der Gemeinde trifft, und ich ging hin. Julie ging auch hin. Ich ging ein paar Mal hin, aber dann fingen ein paar dort an zu spinnen und erzählten Keith, dass ich rauche. Der geht sofort hoch und sagt, du musst mit dem Rauchen aufhören. Dabei hab ich mir echt Mühe gegeben und ich bin echt gern dahin gegangen, aber das sind doch verklemmte Arschlöcher, das hab ich denen auch gesagt, und da hat Mary mich angemacht von wegen ich soll nicht fluchen.

Außerdem hat Mary, das ist die Frau, die uns mit in die Gemeinde genommen hat, Julie zu sich eingeladen und dann sind sie in *Titanic* gegangen, aber mich haben sie nicht abgeholt. Ich hätte auch mit können. Ich hab Steve gefragt, der an dem Abend Dienst hatte, und er hat gesagt, ich darf, aber die haben mich nicht abgeholt. Da war ich ganz schön stinkig und hab einen Billardstock zerbrochen und musste über Nacht in die Geschlossene. Am Sonntag sagte dann der Typ vorne, wer traurig ist, der soll nach dem Gottesdienst zu den Ältesten gehen und mit denen reden. Hab ich auch gemacht und da haben die sich aufgeregt und gesagt, du musst versuchen, mit dem Rauchen aufzuhören, weil dein Körper ein Tempel des Heiligen Geistes ist. Da hab ich gefragt, was das denn für'n Scheiß ist, und da waren die superstinkig, und Jenny, die andere Leiterin da, hat gemeint, die müssen mit mir beten, damit ich alles Mögliche loswerde, aber sie hat nicht gesagt, dass Julie auch hin muss, und ich hab keinen Bock. Da bin ich hochgegangen und hab gesagt, leck mich am Arsch, und hab den blöden kleinen Tisch mit den Zeitschriften umgetreten und jetzt sagen die, ich darf nicht mehr kommen. Meine Sozialarbeiterin sagt, die ticken nicht mehr ganz richtig.

Julie ist immer noch nett zu mir in der Schule. Sie geht mit denen zum Campen und sie sagt, sie will mal fragen, ob ich mit darf, wenn ich mich entschuldige und verspreche, nicht zu rauchen. Sie sagt, sie glaubt, dass die ja sagen, weil sie ihr gesagt haben, dass sie mich wieder nehmen wollen, wenn ich bereit bin hinzugehen. Sie hat mir auch den Tipp gegeben, Ihnen zu schreiben. Sie sagt, die Ältesten hätten gesagt, die Jugendgruppe könnte Ihnen schreiben und Sie würden zurückschreiben. Ich bin ja nicht in der Jugendgruppe, bis die mich wieder nehmen, aber ich würde Sie trotzdem gern fragen, was Sie meinen. Gehöre ich immer noch zu dieser Familie? Und noch was. Wenn Jesus alle liebt, warum liebt er dann mich nicht, bloß weil ich rauche?

Liebe Grüße
Sandy

Liebe Miss Owen,

ich danke Ihnen herzlich für Ihre wohlwollende Entscheidung, Sandy zu erlauben, mir zu schreiben.

Sie haben Ihre Bedenken deutlich gemacht, und ich verstehe sehr gut Ihren Wunsch, Ihre junge Klientin vor weiterem Schaden zu bewahren. Jesus – wie Sie wissen, der Begründer der christlichen Gemeinde – schuf einen großartigen Präzedenzfall durch seinen radikalen Umgang mit Menschen, die von der Gesellschaft misshandelt worden waren, und solchen, die ihre eigenen Wunden durch ihre selbstzerstörerischen Neigungen noch tiefer aufgerissen hatten. Zur Zeit meiner Mitarbeit versuchte die frühe Gemeinde ebenso engagiert, eine Struktur der Fürsorge für ihre schwächeren Mitglieder zu schaffen. Es ist Ihnen vielleicht neu, aber es gab eine Struktur der sozialen Fürsorge, die erfolgreich die finanziellen Schwierigkeiten von Menschen abfing, die nicht für sich selbst sorgen konnten, etwa Witwen und alte Menschen. Fürsorge war in der Gemeinde kein schlechter finanzieller Witz einer Regierung, die sich nur dafür interessierte, finanzielle Einsparungen auf dem Papier vorweisen zu können. Ich habe gehört, dass Sie den skandalösen Vorgang der Schließung eines Fürsorgezentrums für die Schwächsten der Schwachen „Dekantieren" nennen. Kann das wirklich sein? Ich persönlich habe meine Sozialarbeiter – wir nannten sie Diakone – sehr hoch geschätzt und Sie brauchen nur einen Blick in den Brief zu werfen, den ich an die erste Gemeinde schrieb, die ich in Europa gründete, um zu sehen, welchen hohen Wert ich ihrer Arbeit zumaß. Ich sage Ihnen all dies, um zu unterstreichen, für wie unschätzbar wertvoll ich die praktische Unterstützung halte, die sie Sandy zukommen lassen.

Mein Gebet für die frühen Gemeinden war es, dass ihre Liebe untereinander stärker werden würde und dass sie immer eine liebevolle Barmherzigkeit zeigen und sich nicht nur um ihre eigenen Interessen, sondern auch um die Interessen anderer kümmern würden.

Wie ich auch Sandy zu erklären versucht habe, sollte die Gemeinde unter der Herrschaft Jesu Christi funktionieren wie ein gesunder Körper, in dem jedes kleinste Glied oder Organ seinen Beitrag dazu leistet, ihn gesund zu erhalten. All die verschiedenen Teile des Körpers sollen zusammenpassen, und der ganze Körper soll zusammengehalten werden von jedem Gelenk, über das er verfügt. So sollte es sein, und das habe ich sowohl meiner Gemeinde in Korinth als auch Sandy so deutlich wie möglich zu erklären versucht. Trotz alledem liefen damals in den Gemeinden manche Dinge falsch und heute ist es nicht anders. Die Hälfte meiner Zeit musste ich damit verbringen, meine zerbrechlichen neuen Gemeinden zu ermahnen, an dem festzuhalten, was ich ihnen darüber gesagt hatte, wie sie nach dem Willen Jesu leben sollten, und die andere Hälfte damit, sie zurechtzuweisen, weil sie es immer wieder falsch machten!

Darum, Miss Owen, sind Sandy und ich auf Ihre Mithilfe angewiesen, um die Vorgänge in der Gemeindefamilie, der sie sich angeschlossen hat, im Auge zu behalten. Ich wäre Ihnen sehr dankbar, wenn Sie mir zu gegebener Zeit einen Bericht über die Fortschritte zukommen lassen könnten, damit die Situation überprüft und nötigenfalls Maßnahmen eingeleitet werden können.

Ihr Mitarbeiter
Paulus

Liebe Sandy,

vielen Dank für deinen hochinteressanten Brief, in dem du einige äußerst wichtige Punkte ansprichst. Der erste ist das Problem, wie man das Evangelium präsentieren soll, mit anderen Worten, wie man den Leuten von Jesus erzählen sollte. Als ich auf der Erde arbeitete, hatte ich einen ähnlichen Job wie die Band, die bei euch in der Schule zu Gast war. Allerdings sprach ich nicht in Schulen zu Jugendlichen, die noch nichts von Jesus gehört hatten, sondern reiste in Länder, wo überhaupt noch niemand von ihm gehört hatte! Wo immer ich vor zweitausend Jahren hinkam, gab es mutige Leute wie dich und Julie, die bereit waren, sich aus der Menge herauszubewegen und von dem, was sie bislang geglaubt hatten, überzuwechseln zum Glauben an Jesus. Das erforderte damals viel Mut und es erfordert auch heute viel Mut und eines Tages wirst du herausfinden, was Jesus selbst über diese wenigen Schritte, die du und Julie gegangen seid, gesagt hat.

Es ist ein außergewöhnliches Gefühl, Jesus zu begegnen, nicht wahr? So, als ob etwas ganz Neues aus einem herausplatzt. Ich erinnere mich noch sehr gut an den Moment, als ich Jesus kennen lernte, aber bei mir lief das auch ziemlich dramatisch ab, denn ich fiel dabei vom Pferd und wurde für ein paar Tage mit Blindheit geschlagen! Zum Glück hört es sich so an, als ob dein Erlebnis nicht ganz so traumatisch war. Was wir allerdings gemeinsam haben, ist die Entdeckung, dass damit nicht all unsere Probleme plötzlich verschwunden sind. Bei mir war es sogar so, dass einige meiner Probleme nach dieser Begegnung erst anfingen. Die meisten unserer Probleme haben mit der Tatsache zu tun, dass wir ein neues Leben in uns haben, aber Gott nicht mit einem Schlag unsere ganze Persönlichkeit verändert. Mit anderen Worten, wir sind immer noch die Alten! Ich war immer noch jähzornig und hatte keine Geduld mit Leuten, die einfach nicht in die Socken kamen, um das zu tun, was mir als das einzig wirklich Wichtige erschien – der Welt von Jesus zu erzählen. Das machte mich ziemlich intolerant gegenüber den Schwächen anderer und eigentlich habe ich mir erst Jahre später, als ich in Rom im Gefängnis saß, meine eigene Schwachheit und mein Bedürfnis nach Gemeinschaft eingestanden. Bei dir ist es so, dass du immer noch rauchst und fluchst und versuchst, deine Probleme zu lösen, indem du um dich trittst. Du sagst, du bemühst dich, dich zu ändern, aber es fällt dir schwer. Natürlich ist es schwer, Sandy. Darum musste ja Jesus für uns sterben. Ich will versuchen, dir das zu erklären.

Im Himmel, wo ich jetzt bin, leben wir alle in einer wunderbaren Familie, wo alle in jeder Hinsicht vollkommen sind und wo Gott selbst unser Vater ist. Sie ist alles, was du dir von einer Pflegefamilie erträumt hast, und noch eine ganze Menge mehr, Sandy. Doch um hierher zu kommen, musst du vollkommen sein, was du natürlich nicht kannst, genauso wenig, wie ich es konnte, als ich auf der Erde lebte. Da wir alle nicht aus eigener Kraft rein und nett und gut genug werden können, ist Jesus gekommen und hat gesagt, er wolle alles, was wir falsch gemacht haben, auf sich nehmen und buchstäblich für uns sterben. Das hat er getan, damit wir, obwohl wir ein unnützer Haufen sind, in den Himmel kommen und in seiner Familie leben können, wenn wir sterben. Was er nicht gesagt hat, war: „Jeder, der beschließt, mir nachzufolgen, wird auf der Stelle vollkommen und gut und nett und rein sein." Also blieb ich ich mit all meinen Fehlern, solange ich auf der Erde war, und du bleibst du. Ich habe mir wirklich alle Mühe gegeben, gut zu sein, und ich weiß, dass auch du dich anstrengen wirst, gut zu sein, und dass Gott dir helfen wird, so gut zu sein, wie du nur kannst. Aber was ich lernen musste, war, darauf zu vertrauen, dass Gott mich so sehr liebte, dass absolut nichts, was ich anstellte, bedeuten konnte, dass er mich aus seiner Familie ausstößt, solange ich ihn zum Vater haben wollte. Und genau das musst du auch lernen.

Das Problem ist nun, dass genau wie ich ich blieb mit all meinen Fehlern und du immer noch du bist, leider auch die Leute in deiner Gemeinde immer noch sie selbst sind! Die einzige vollkommene Familie ist die im Himmel. Manche Leute in deiner neuen Gemeindefamilie waren selbstgerechte Besserwisser, bevor sie Jesus kennen lernten, und das sind sie immer noch. Manche von ihnen sehen nur das Äußere an einem Menschen und manche haben Angst vor allem, was ihnen nicht vertraut ist. Oft sind es eigentlich ganz nette Leute, die das Richtige tun wollen, aber ihre Angst führt dazu, dass sie auf Nummer Sicher gehen wollen, und das heißt, dass sie sich nicht nahe an Dinge oder Leute herantrauen, die anders sind als sie. Ich glaube, Jenny könnte so jemand sein. Julie kommt offenbar aus einer Familie, wo die Leute nicht rauchen und fluchen, und deshalb kommt Jenny mit ihr besser zurecht als mit dir. Nun wird sich zweifellos Jesus mit dieser Angst auseinander setzen und er wird auch aus Julie einen so guten Menschen machen wollen, wie sie nur sein kann, und deshalb glaube ich, dass auch diese beiden feststellen werden, dass sie sich ändern müssen und wollen. Nur sind ihre Probleme nicht so offensichtlich wie deine. Was ich damit sagen will, Sandy, ist, dass vielleicht du für eine Weile die Erwachsene sein und versuchen musst, deine neuen Brüder und Schwestern zu verstehen und ihnen zu vergeben. Sie sind darauf angewiesen, dass du bei der Stange bleibst, denn du bist jetzt ein Teil ihres Leibes – das sollte ich wohl lieber erklären. Ich hoffe, du kannst verstehen, was ich jetzt sagen werde. Ich habe schon einmal versucht, das einer meiner neuen Gemeinden in Korinth zu erklären, aber ich glaube nicht, dass sie es alle wirklich verstanden haben.

Also, es geht los.

Du weißt ja, dass Jesus auf die Erde gekommen ist und hier gelebt hat. Er war ein Mensch mit einem vollkommen normalen Körper – wenn ich dir auch nicht sagen kann, wie er genau aussah. Ich bin ihm ja nie von Angesicht zu Angesicht begegnet, aber das ist eine andere Geschichte! Als Jesus auf der Erde war, da wohnte die ganze herrliche, liebevolle Macht Gottes in diesem einen, gewöhnlichen Körper. Jesus selbst sagte, wenn man ihm begegnete, dann begegnete man in Wirklichkeit Gott, dem Vater.

Als dieser Körper schließlich an dem Tag, den wir „Himmelfahrt" nennen, in den Himmel aufgenommen wurde, steckte dahinter der Gedanke, dass die Christen, die auf der Erde zurückblieben, und alle Menschen, die später Christen wurden, zusammengefügt würden zu seinem Körper auf der Erde. Und dazu gehörst auch du. Mit anderen Worten, weil du in dem Schulgottesdienst nach vorn gegangen bist, während all deine Freunde über dich kicherten, und vor ihnen niedergekniet bist und Jesus in dein Leben eingeladen hast, passierte etwas Außergewöhnliches. *Du* wurdest zu einem Teil der Gemeinde Jesu, zu einem Teil dessen, was wir den „Leib Christi" nennen.

Nun ist also jeder, der Christ ist, ein Teil der Gemeinde Jesu und wenn wir alle zusammen sind, kann die Welt an uns einen Blick auf Jesus selbst erhaschen. Die interessante Frage ist: Welcher Teil des Leibes bist du? Was immer das für ein Teil sein mag, es ist wesentlich für das Wohlergehen und die Schönheit des ganzen Leibes, dass du dabei bist. Bevor du dich der Gemeinde angeschlossen hast, fehlte ihr ein Teil. Ich habe damals schon den Leuten, die in Korinth in die Gemeinde gingen, gesagt, dass es albern von einem Ohr wäre, zu sagen: „Weil ich kein Auge bin, gehöre ich nicht zum

Leib.“ Ich glaube, meine Worte waren: „Angenommen, der ganze Körper bestünde nur aus Augen, wie könnten wir dann hören? Oder der ganze Leib bestünde nur aus Ohren; wie könnten wir dann riechen?“ Du siehst also, dass du genauso wichtig bist wie jeder andere in der Gemeinde, einschließlich der Ältesten, und du bedeutest Gott genauso viel und sie haben Glück, dass sie ihm genauso viel bedeuten wie du!

Und jetzt werde ich dir eine kleine Lektion in Biologie erteilen. Nicht stöhnen, Sandy! Wie nennst du den Knochenkäfig, der dein Herz und deine Lunge und so weiter umschließt? Hast du gerade „Brustkorb“ gesagt? Gut. Nun, warum hat Gott dich so gemacht? Natürlich, damit dein Herz und deine Lunge geschützt sind, nicht wahr? Ohne sie könnten wir nämlich nicht überleben. Es gibt noch andere wichtige Teile in unserem Körper, von denen wir nicht oft sprechen, die aber genauso wichtig dafür sind, dass wir am Leben bleiben, da sie unseren Körper von Giften und Abfall reinigen. Wenn all unsere wichtigen Organe, die uns am Leben erhalten, an der Außenseite herumbaumeln würden, sähe unser Körper nicht nur grauenhaft aus, sondern sie würden auch Schaden nehmen, und deshalb hat Gott dafür gesorgt, dass sie schön hinter Wänden aus Muskeln, Knochen und Haut verpackt sind.

Sandy, weil du noch ein ganz junger Christ bist, und besonders, weil dir sehr weh getan worden ist, als du ein kleines Mädchen warst, bist du ein ganz besonderer Teil des Körpers, der für eine Weile besonders gut geschützt und umhegt werden muss. Wenn das so ist, höre ich dich sagen, warum gibt man mir dann das Gefühl, als ob ich an der Außenseite herumbaumeln müsste?

Ich weiß nicht, ob du das jetzt verstehen wirst. Wegen deines Fluchens und deines gelegentlichen aggressiven Verhaltens, von dem du mir erzählt hast, erscheinst du vielen vielleicht als eine ziemlich stachelige Kugel, und das im Innern eines Körpers – aua! Was die noch nicht wissen und was nur du weißt und Gott weiß, ist, dass die Stacheln deshalb da sind, damit dir nicht noch mehr weh getan wird, und dass du, wenn du dich erst einmal durch Liebe aufgewärmt fühlst, auch in der Lage sein wirst, dich ein bisschen zu entrollen und ihnen ein bisschen mehr von deinem wirklichen, liebenswerten Du zu zeigen. Deine Pflegeeltern sind von diesen alten Stacheln ganz schön gepiekst worden, nicht wahr? Nun, worum ich dich jetzt bitten möchte, wird dir nicht leicht fallen, aber wenn die anderen nicht herausfinden, welcher Teil ihres Leibes du bist, dann wird er vielleicht nie die ganze Schönheit Jesu widerspiegeln. Also, was ich von dir möchte, mein kleiner Igel, ist, dass du ihnen deine rosa Schnauze zeigst. Dann werden sie sich sicherer fühlen und dich näher an sich heranlassen und dich überhaupt einmal richtig anschauen können. Ich glaube, ihnen wird gefallen, was sie dann sehen, aber das müssen wir abwarten.

Nun zu der anderen Sache, die du in deinem Brief erwähnt hast, dass dein Körper ein Tempel des Heiligen Geistes sei. Ja, das habe ich tatsächlich gesagt und ich will auch versuchen, dir zu erklären, warum. Damals gingen die Leute in den Tempel, um Gott anzubeten, und natürlich macht man das heute immer noch so, nur dass man es jetzt Kirchen nennt. Nun, bevor Jesus kam, glaubten die Leute, dass Gott regelrecht in dem Tempel wohnt. Bevor Jesus starb und zurückkehrte, um König des Himmels zu werden, gab er uns noch eine Einführung in den nächsten Teil des Mysteriums, das wir Gott nennen.

Jesus sagte, wenn wir ihm begegnen, begegnen wir Gott, unserem himmlischen Vater. Dann erzählt er uns von dem Heiligen Geist, der zu uns kommt, wenn wir sagen, dass wir Jesus nachfolgen wollen, und der, wenn wir ihn darum bitten, in uns wohnen wird. Jetzt sind wir also wie kleine Tempel, in denen Gott, der Heilige Geist, wohnt. Aber weil er in uns Wohnung nimmt, noch bevor wir Jesus ähnlicher werden konnten, kann es sein, dass es in unserem Tempel ein bisschen dreckig ist. Bei manchen Leuten ist der Tempel so voll von Lügen und Stolz und Unfreundlichkeit, dass kaum noch Platz zum Wohnen da ist. Zum Glück will der Heilige Geist ihnen gerne bei einem großen Frühjahrsputz behilflich sein – indem sie „tut mir Leid“ sagen und ihren Unrat Stück für Stück hinausschaffen. Bei manchen Leuten, besonders solchen, die sehr erfolgreich und wohlhabend sind, kann das Ewigkeiten dauern. Ich glaube, in deinem Tempel ist schon eine Menge Platz, Sandy, aber es ist so rauchig da drinnen, dass man es schwer erkennen kann. Dadurch, dass du dich mit beiden Händen an deinem Bedürfnis nach Zigaretten festhältst, wird es für dich nicht leichter, die ausgestreckte Hand des Heiligen Geistes zu erfassen und zu erleben, dass du ihm dein Leben anvertrauen kannst. Versuche, über Jesus zu lesen und nachzudenken und dich darauf zu konzentrieren, dem Rest des Leibes zu zeigen, wie unstachelig du eigentlich bist; dann wird es dir sicher leichter fallen, als du denkst, deinen Klammergriff um die Zigaretten Finger für Finger zu lösen.

Ich glaube, eines Tages werden die Leute aus deinem Tempel das Licht Jesu herausscheinen sehen, mein liebes Kind. Möge seine Liebe und die Kraft des Heiligen Geistes dir dabei helfen, dich zu entrollen.

Dein Freund
Paulus

Lieber Paulus,

dass Sie mit Paulus unterschreiben, heißt das, dass Sie mein Freund sind? Oder werden Sie mich zuerst anlächeln und nett sein und dann stinksauer auf mich werden, wenn Sie mich kennen lernen? Es ist nämlich so, Paulus, ich hab ja schon versucht, die mehr von mir sehen zu lassen und das ganze Zeugs, aber es hat alles nicht geklappt. Ich habe Jenny von meinen Gedichten erzählt, die ich im Heim geschrieben habe, als ich klein war, und sie wollte sie gern lesen. Sie war auch sehr nett und weinte und sagte, die würden sie sehr traurig machen, und sie fragte mich, ob sie sie den Ältesten zeigen dürfte, weil sie richtig gut wären, und da hab ich an das gedacht, was Sie mir geschrieben hatten, und hab ja gesagt, und sie hat's gemacht. Dann auf einmal kommt einer von den Ältesten und sagt, da sind Sachen drin, die nichts mit meinem neuen Leben zu tun haben, und ich muss sie verbrennen, weil sie zu dem alten Ich gehören. Der sagt sogar, Sie hätten das gesagt, Paulus. Er sagt, Sie hätten gesagt, man soll einfach vergessen, was hinter einem liegt. Jedenfalls hab ich sie machen lassen und die erzählten der Gemeinde, wie tapfer ich gewesen wäre, und ich hab sie die Gedichte verbrennen lassen, und dann haben mich alle umarmt, war richtig schön, und ich dachte, jetzt ist ja alles okay, aber ich mache dauernd die Schublade auf, wo sie immer waren, und dann muss ich immer weinen. Hört sich vielleicht blöd an, aber es kommt mir vor, als ob ich ein Stück von mir getötet hab, und ich fühle mich total traurig und schlecht und einsam. Ich will gar kein neues Ich sein. Ich will meine Gedichte wiederhaben. Meine Sozialarbeiterin ist ausgeflippt, als ich ihr davon erzählt habe, und sie war stinksauer auf Sie und auf die Gemeinde und sie hat mich mit zum Arzt genommen und ich habe gemerkt, dass der auch sauer war.

Wissen Sie, Paulus, ich will immer noch zu dieser Gemeindefamilie gehören. Manchmal, wenn die singen, weine ich, aber anders, schöner. Ich will immer noch, dass die mich mögen, aber sie tun es immer noch nicht, und meine Gedichte haben ihnen auch nicht gefallen. Das Blöde ist, dass ich sie gut fand. Ich dachte, sie wären das Beste, was ich bisher gemacht hab. Und außerdem handelten sie alle von meiner Mutter und ich hab sie geschrieben, kurz nachdem ich sie nicht mehr sehen durfte, und jetzt krieg ich sie gar nicht mehr in meinen Kopf rein. Wissen Sie, ich hasse sie nicht. Na ja, manchmal schon, manchmal würd ich sie am liebsten umbringen, weil ich finde, dass eine Mutter ihren Kindern niemals weh tun darf, aber eigentlich will ich immer noch, dass sie mich lieb hat und meine Mutter ist. Ich hab mir immer vorgestellt, dass sie eines Tages auf der Matte steht und sagt, es tut ihr Leid, und sie möchte, dass wir wieder zusammen sind. Sie ist doch meine Mutter, nicht denen ihre! Was wissen die denn schon von ihr und mir?

Die sagen, du hättest gesagt, ich soll alles hinter mir lassen und vorwärts gehen. Was soll das denn, Paulus? Wie kann ich das, was in mir ist, aus mir rausschaffen? Da bleibt nicht mehr viel übrig! Das bin doch ich – das ist es, was ich bin. Die Prügel und das Geschubse und die Dunkelheit und das „es tut mir ja so Leid“ und die Umarmungen und ihr Geruch und ihre bierigen Küsse und ihr Geheule. Wenn ich das alles rausschmeiße, was sollen die denn dann noch sehen, wenn ich mich ihnen zeige, wie Sie gesagt haben? Ich bin ich, und wenn mein altes Ich denen nicht passt, dann können sie mich am Arsch lecken. Und noch was, Paulus. Das mit denen meine Schnauze zeigen, können Sie vergessen, im Moment würde ich denen lieber das andere Ende zeigen.

Liebe Grüße
Sandy

Lieber Paulus,

danke für Ihre Antwort, die ich überraschend sachlich und hilfreich fand. Sie haben mich gebeten, Sie über Sandras Fortschritte in der Gemeinde auf dem Laufenden zu halten. Zu meinem Leidwesen muss ich berichten, dass diese „Platzierung“ rapide zusammenbricht! Die Leute scheinen nicht in der Lage zu sein, sie so anzunehmen, wie sie ist, und ich bin zutiefst beunruhigt über ihre dilettantischen Versuche, eine sofortige Veränderung ihrer Persönlichkeit herbeizuführen. Ich glaube nicht, dass ich es Ihnen erzählt habe, aber unter dem Sammelsurium von Überbleibseln aus ihrer Vergangenheit war ein Schulheft, das vier Seiten Rechenaufgaben für die zweite Klasse und etwa fünfundzwanzig Gedichte enthält, die Sandy zwischen dem achten und elften Lebensjahr geschrieben hat. Von der Existenz dieser Gedichte erzählte sie mir zum ersten Mal, kurz nachdem sie mir im Alter von zwölf Jahren zugeteilt wurde, aber es dauerte viele Monate, bis sie mir so weit vertraute, dass sie mir zeigen mochte, was sie geschrieben hatte. Meine Reaktion war vielschichtig. Eine traurige Erleichterung, hier den alle Zweifel beseitigenden Beweis vor mir zu haben, dass es wirklich notwendig gewesen war, sie in die Fürsorge zu nehmen. Eine tiefe Traurigkeit darüber, dass ein kleines Kind solche Misshandlungen zu erleiden hatte. Die Erkenntnis, dass Sandy trotz ihrer unterentwickelten Kommunikationsfähigkeiten eine äußerst intelligente und feinfühlige Jugendliche ist. Ich reagierte damals so ehrlich, wie ich konnte, und bestätigte sie darin, dass diese Gedichte ein Schatz seien, den sie gut aufbewahren solle, solange sie sie brauche – dass sie vielleicht eines Tages in der Lage sein würde, ihren Inhalt von ihrem Bewusstsein zu trennen und sie dann mit mehr Abstand betrachten könne, aber bis dahin … Ich fand es nicht richtig, sie ihr abzunehmen, um sie zu fotokopieren, oder den Inhalt dieses ganz privaten Heftes ihrer Akte hinzuzufügen; eine Entscheidung, die ich jetzt zutiefst bedaure.

Wie ich höre, hat sie Ihnen davon erzählt, wie sie den dilettantischen Pfuschereien Ihres so genannten „sicheren“ Leibes zum Opfer gefallen ist. Wie konnten Sie einen so naiven und arroganten Übergriff auf eine gestörte Jugendliche nur gutheißen? Ich kann es nicht länger rechtfertigen, stillschweigend zu unterstützen, dass sie unter dem Einfluss solcher Leute bleibt. Es würde mich sehr interessieren, was Sie zu Ihrer Verteidigung vorbringen können.

Mit freundlichen Grüßen
Deborah Owen

Liebe Deborah,

danke, dass Sie mich über die Fortschritte unserer jungen Freundin auf dem Laufenden halten. Ich bin zutiefst beunruhigt über Ihre Neuigkeiten.

Wie ich in meinem ersten Brief angedeutet habe, gab es schon immer Probleme in der Gemeinde, obwohl es meiner Meinung nach noch nie ein Sozialsystem gegeben hat, das gewöhnlichen Leuten die Hoffnung und Würde geben konnte, die Jesus ihnen bot. Er glaubte an ihr Potenzial, sich zu ändern, und sie glaubten an ihn. Warum sonst hätte wohl Matthäus seinen Schreibtisch und seinen sicheren Job als Zolleinnehmer hingeworfen, um ihm zu folgen?

Er muss in den Augen Jesu den Glauben erkannt haben, dass Veränderung möglich war – dass er zu dem Menschen werden konnte, der er sein wollte. Doch Jesus hat nie jemanden schikaniert. Er hat seinen Anhängern nie seine Ansichten aufgedrückt. Wenn Sandy dazu schikaniert werden soll, sich äußerlich so zu verändern, dass sie scheinbar der Norm entspricht, dann könnte dahinter sogar eine Irrlehre stecken. Ich versuche hier nicht, Ausflüchte zu machen oder die Probleme herunterzuspielen. Jesus ermahnte seine ersten Jünger, auf der Hut zu sein vor falschen Propheten, die zu ihnen kommen würden und aussehen wie Schafe, in Wirklichkeit aber reißende Wölfe sind. Ich musste seine Warnungen häufig wiederholen. Zum Beispiel war da der Anlass, als ich erkannte, dass ich höchstwahrscheinlich nie wieder als Pastor zu meiner Gemeinde in Ephesus würde zurückkehren können und dass diese junge Gemeinde sehr verwundbar sein würde. Ich rief die Ältesten zu einer Notsitzung in Milet zusammen und flehte sie an, alles daranzusetzen, gute Hirten ihrer Herde zu sein und beständig nach solchen Wölfen Ausschau zu halten. Ich warnte sie sogar, dass die Zeit kommen würde, in der manche der Männer in ihrer Gemeindefamilie Lügen verbreiten würden, um die Gläubigen von der Wahrheit wegzulocken.

Und was, werden Sie vielleicht fragen, ist in diesem Fall die falsche Lehre?

Nun, ich erinnere mich eigentlich nicht, dass in der Lehre Jesu oder meiner eigenen je davon die Rede war, dass irgendjemand etwas aus seiner Vergangenheit verbrennen sollte. Allerdings ist der Glaube eine vielgestaltige Sache und manchmal ist es notwendig, bewusst etwas hinter sich zu lassen, das einen daran hindert, sich ganz und gar dem Herrn anzuvertrauen. Wesentlich dabei ist, dass die Frage, was das sein könnte und wann das am besten geschehen sollte, von Mensch zu Mensch verschieden ist. Bei einem gewissen jungen Mann war es sein ganzes Geld, doch im Fall des Matthäus war es nur das Geld, um das er seine Kunden betrogen hatte, das er sich wegzugeben gedrängt fühlte. Jesus hatte immer einen einzigartigen Plan mit jedem Menschen, der zu ihm kam.

Wir Gemeindeleiter versuchen von Anfang an, seinem Beispiel zu folgen, und ich bin sicher, dass die Leiter in Sandys Gemeinde das ebenfalls tun. Nur geraten hin und wieder Leiter auf die falsche Spur. Sie hören auf, dem Evangelium gemäß zu handeln, und denken sich allgemeingültige, einfache Regeln aus, die nichts mehr mit der einfallsreichen Art und Weise zu tun haben, wie Jesus mit Situationen umging. Wie Sie vielleicht wissen, bestand eines meiner größten Probleme darin, die Juden davon zu überzeugen, dass die neuen heidnischen Bekehrten sich nicht beschneiden lassen mussten, um sich der Gemeinde anzuschließen. Selbst Petrus tappte, als er meine Heimatgemeinde in Antiochia besuchte, in die Falle, dass er es für nötig hielt, den neuen Christen jüdische Bräuche aufzudrücken. Ich musste ihn dafür regelrecht zur Rechenschaft ziehen. Auch den Heiden gegenüber musste ich sehr deutlich werden, denn es fiel ihnen schwer zu glauben, dass sie sich nicht dem jüdischen Gesetz unterwerfen mussten, um angenommen zu werden. Sie konnten einfach nicht fassen, dass sie keine Veränderung in sich selbst hervorbringen mussten, indem sie irgendetwas taten. Ihnen sagte ich, und den Ältesten in Sandys Gemeinde würde ich liebend gern dasselbe sagen, dass niemand je den Heiligen Geist aufgrund seiner eigenen Leistungen empfangen hat und dass niemand je ein Wunder bewirkt hat, indem er sich an von Menschen gemachte Regeln hielt.

Das ist die falsche Lehre. Zurück zu den Wölfen im Schafspelz. Wissen Sie, selbst meine Notsitzung mit den Ältesten in Milet verhinderte nicht, dass ich ihnen dieselbe Botschaft einhämmern musste, wann immer ich ihnen schrieb! Die Botschaft, dass jeder von uns so wichtig ist wie jeder andere, dass wir stets demütig und freundlich und tolerant sein sollten. Wir sollten alle eins sein in dem, was wir glauben, so dass wir nicht von jedem Windhauch der Lehre trügerischer Menschen hin und her geworfen werden. Im selben Brief – und ich weiß noch, wie ich mit den Tränen kämpfte, während ich ihn schrieb – flehte ich sie an, diejenigen im Auge zu behalten, die als Feinde des Kreuzes Christi leben. So hart ihr Leben auch sein mochte, und ich war ja zu der Zeit auch nicht gerade auf Rosen gebettet, wollte ich ihnen doch begreiflich machen, dass sie vollkommenen Frieden mit sich selbst haben konnten, weil Gott sie so sehr liebte.

Wenn also die Ältesten der Gemeinde, die Sandy gegenwärtig besucht, mehr von ihr erwarten als Gott, dann haben sie die Botschaft des Evangeliums gründlich missverstanden, wie gut ihre Absichten auch sein mögen.

Um auf das Bild des Hirten zurückzukommen: Für einen Außenstehenden hört sich jedes Blöken vielleicht gleich an, doch jedes Mutterschaf kennt ihr Lamm und jedes Lamm seine Mutter. Von Hirten sollte man erwarten, dass sie mindestens so intelligent sind wie ihre Schafe. Wenn Sandys Älteste weiterhin den Gedanken verfolgen, dass sie Veränderungen in sich selbst herbeiführen müsse, dann ist dies vielleicht nicht die richtige Gemeinde für sie. Vielleicht braucht sie feinfühligere Hirten, die sie erst einmal kennen lernen und ihr zuhören, bevor sie an Gottes Stelle darüber entscheiden, was sie tun und lassen sollte.

Würden Sie fürs Erste, bis ich Gewissheit habe, dass sie in guten Händen ist, ihre Pflegehirtin sein? Zugleich mit dieser Bitte möchte ich Sie anflehen, sehr gründlich über Ihre Reaktion auf das, was Sandy passiert ist, nachzudenken. Damit meine ich nicht diese jüngste dilettantische Pfuscherei. Ich meine die ganze Sache. Ich meine ihre Bekehrung zum christlichen Glauben insgesamt. Seien Sie ehrlich zu sich selbst. Entspringt Ihre Reaktion nicht vielleicht der Furcht vor dem Unbekannten, die durch den ungeschickten Umgang der Gemeinde mit Sandy eine willkommene Bestätigung erfahren hat? Ich weiß, dass Sie dem zunächst einmal widersprechen werden, aber ich bin zutiefst überzeugt davon, dass es trotz der jüngsten Ereignisse kein grüneres und gesünderes Gras gibt als das Gottes. Irgendwo gibt es eine Weide, wo sie geschützt grasen und wachsen kann.

Mit herzlichen Grüßen
Paulus

Liebste Sandy,

danke für deinen zweiten herausfordernden Brief. Du bist eine sehr interessante Briefschreiberin und ich bin sehr traurig zu hören, wie unglücklich du bist. Ich will gleich auf den ersten Ausspruch von mir zu sprechen kommen, den du erwähnt hast, nämlich, dass man alles hinter sich lassen soll. Ich habe lange und gründlich darüber nachgedacht, und ich glaube, was deine Ältesten meinen, ist etwas, das ich an meine Freunde in der Gemeinde in Philippi geschrieben habe. Ich saß zu der Zeit gerade in Rom im Gefängnis und fand das Leben ziemlich hart. Ich sehnte mich so sehr danach, losgehen und meine Freunde wiedersehen zu können, und mir lag sehr daran, dass sie weiterhin versuchten, so gut und liebevoll miteinander umzugehen, wie sie es zu Anfang getan hatten. Ich versuchte ihnen begreiflich zu machen, dass es mir wirklich nichts ausmachte, den ganzen Stress auf mich zu nehmen, weil das einfach dazugehört, wenn man mit Jesus unterwegs ist, und dass ich mich ihm sogar noch näher fühlte, wenn es hart kam, weil ich das Gefühl hatte, etwas besser zu verstehen, was er für uns erlitt, als er sich an dieses schreckliche Kreuz hängen ließ. Irgendwie wusste ich, dass all das, was uns hier auf der Erde passiert, keine Rolle mehr spielen würde, wenn wir erst einmal bei ihm wären. Ich sprach also von mir persönlich, als ich sagte, dass ich versuche, mich nach dem auszustrecken, was vor mir liegt, und nicht zurückzuschauen. Es ging dabei nicht um dich.

Aber ich will dir etwas Interessantes sagen, Sandy. Gleich nach diesen Worten habe ich noch etwas anderes geschrieben. Ich schrieb ungefähr Folgendes: „Nur, was wir schon erreicht haben, darin lasst uns auch leben." Was das bedeutet, ist, dass Gott genau weiß, was dir passiert ist. Er kennt all die Dinge, die dir Angst machen. Er weiß Bescheid über deine Stacheln. Er weiß, wie du über deine Mutter denkst. Er weiß, warum du rauchen musst und warum du manchmal rot siehst und um dich treten willst. Er hat all deine Gedichte gelesen. Gott, dein Vater, wird dich nie schikanieren, Sandy. Er wird dich nie zu etwas zwingen, wozu du noch nicht bereit bist. Er wird dich nie dazu zwingen, etwas aufzugeben, wenn du noch nicht bereit bist, es aufzugeben. Eines Tages bist du vielleicht so weit, dass du ihn bittest, dir dabei zu helfen, mit dem Rauchen aufzuhören, Sandy, aber jetzt will ich dir etwas sehr Wichtiges sagen.

Bist du bereit? Hier kommt es.

Du brauchst keine Angst mehr zu haben, denn nichts, absolut gar nichts, kann dich von der Liebe Gottes trennen. Er wird dich nie im Stich lassen und er wird dich nie verlassen, ob du es nun schaffst, das Rauchen aufzugeben, oder nicht, ob du fluchst oder ob du es bleiben lässt. Du bist jetzt und für alle Ewigkeit sein kleines Mädchen.

Alles, was er möchte, ist, dass du weiter an ihn glaubst und dass du mit ihm über deine Hoffnungen und Ängste sprichst und ihm für alles Gute dankst, was dir einfällt – zum Beispiel dafür, wie schön es ist, dass Julie immer noch deine Freundin sein will und dass du eine Sozialarbeiterin wie Deborah hast, die dich so gern hat. Jesus hat nie gesagt, das Leben wäre leicht, und meines war ganz bestimmt alles andere als leicht! Ich habe Schiffbruch erlitten und bin ausgepeitscht worden und ich musste ins Gefängnis! Doch mitten in alledem wusste ich, dass ich geborgen war. Ich hatte einen Frieden in mir, der größer war als alles, was ich begreifen konnte. Weißt du, ich wusste, dass, egal was mir passierte, nichts den wichtigen Dingen schaden konnte, meinen Gefühlen und Gedanken, weil sie sicher eingehüllt waren in die Liebe Jesu. Sandy, es tut mir so Leid wegen deiner Gedichte, aber weißt du was? Ich glaube, die sind an dem wichtigsten Ort tief in deiner Erinnerung immer noch sicher aufgehoben. Nichts kann dir deine Erinnerungen und deine Liebe und dein Bedürfnis nach deiner Mutter nehmen. Eines Tages wird dir dein Freund, der Heilige Geist, helfen können, ihr zu vergeben und zu verstehen, warum sie so gehandelt hat, wie sie es tat.

Ach, übrigens, sprichst du auch mit deinem neuen himmlischen Vater über Deborah? Ich glaube, Gott hat vielleicht eine sehr wichtige Aufgabe für dich, mein kleiner Igel.

Gott segne und bewahre dich, bis wir uns eines Tages begegnen können.

Dein großer Bruder
Paulus

Der letzte Kontakt

Guten Tag. Hier ist die Empfangshalle des Himmels. Leider kann im Moment niemand Ihren Anruf entgegennehmen. Wenn Sie nach dem langen Harfenton eine Nachricht hinterlassen möchten, werden wir Ihre Anfrage gern bearbeiten und Sie so schnell wie möglich zurückrufen.

Ich wollte nur sagen – danke, Paulus …